ST. GEORGE

# ST. GEORGE
ebb and flow | au gré des vagues

## SUSAN LAPIDES

Goose Lane Editions
Beaverbrook Art Gallery | Musée des beaux-arts Beaverbrook

## St. George: Ebb and Flow

New Brunswick's Fundy coast has always been a place of movement. The massive tides are so ubiquitous to the region's identity that words are insufficient. The tides simply are. They always were and always will be.

A constant ebb and flow surrounds the resilient community of St. George. People have thrived here for millennia by harvesting the sea — catching the silver schools of fish that move in nimble swells and gathering the salty seaweed that clings to the rocks. A few traditional herring weirs remain, with modern nets and shallow boats maintained by fishers who try not to focus on their fading catches. Salmon aquaculture is the new industry, and in another hundred years, there will likely be a new focus. Like so much of Canada's North Atlantic, St. George has seen more than its fair share of the ebb and flow of people and prospects. Two centuries ago, the area bustled with shipping, lumbering, and granite quarrying, but it never managed to keep up with the rapidly changing world. It is a classic tale: an influx of trade and riches followed by dwindling opportunities that caused families to leave in search of new fortunes. But recently St. George has gained noticeable attention, fuelled by a post-pandemic appreciation for non-urban locales of stark natural beauty, affordability, and down-to-earth people.

Boston-based photographer Susan Lapides has felt St. George's attraction for decades, as she has spent her summers in the community since 1998. Her deep commitment to capturing character and place is brilliantly matched by her innate sense of composition and colour. Like the photography of Stephen Shore, Susan's work testifies to the fact that the everyday can be mesmerizing if we are lucky enough to have the right exponent behind the lens. Through her eyes and camera, the dusky cobalt blues of the ocean and sky become symphonic; a neoprene-clad swimmer floats like a spent superhero; three wet-haired girls beside a bonfire evoke the deepest musings and tensions of youth; a rural preacher becomes Moses in Cecil B. DeMille's *The Ten Commandments*; and the image of a windswept cliff with a lighthouse, dog, lacrosse player, and tree is as powerful and enigmatic as an Edward Hopper painting.

Susan Lapides has the intuition and courage to give St. George and its inhabitants an honest visual record of themselves to spectacular effect. Her photographs transport us to that polished blue horizon, those fishers, and the humanity of the citizens, all ebbing and flowing as they always will.

— JOHN LEROUX
Manager of Collections and Exhibitions, and Director of the Marion McCain Institute for Atlantic Canadian Art, Beaverbrook Art Gallery

## St. George : Au gré des vagues

La côte de Fundy, au Nouveau-Brunswick, a toujours été un lieu de mouvements. L'empreinte des marées d'une amplitude hors du commun est à ce point déterminante de l'identité de la région qu'elle échappe aux mots. Les vagues. Tout simplement. Qui ont toujours été et qui seront toujours.

Leur flot constant baigne la communauté si résiliente de St. George. Depuis des millénaires, des gens vivent ici, grâce aux richesses de la mer : des bancs argentés de poissons aux évolutions agiles jusqu'aux algues salées qui embrassent les rochers. Quelques traditionnelles fascines à hareng côtoient les filets et les bateaux à fond plat, plus modernes, de pêcheurs qui s'efforcent de ne pas penser aux prises qui s'étiolent. Le saumon d'aquaculture est la nouvelle industrie, mais dans quelque 100 ans, une autre, sans doute, l'aura remplacée. Comme une grande partie du Nord atlantique du Canada, St. George a vu bien des vagues. De gens et de perspectives. Plus que sa part, même. Il y a 200 ans, la région bruissait d'activités maritimes et forestières ainsi que de l'exploitation des carrières de granit, mais elle n'est pas arrivée à suivre le rythme rapide d'un monde changeant. L'histoire typique d'un essor commercial et de richesses qui abondent et de leur reflux qui pousse les familles à partir en quête d'autre chose. Mais voilà que St. George suscite un regain d'intérêt notable, alimenté par le goût postpandémique pour la beauté brute de lieux autres que la ville, les prix abordables et les gens sans prétention.

Susan Lapides, photographe établie à Boston, cède depuis des décennies à la séduction de St. George, où elle vient tous les étés depuis 1998. Sa détermination à saisir la personnalité du lieu n'a d'égal que son sens inné de la composition et de la couleur. À l'instar de la photographie de Stephen Shore, le travail de Susan prouve que le quotidien est fascinant, pour peu que l'interprète derrière la lentille soit le bon. Grâce à son œil et à son appareil photographique, la profondeur du bleu cobalt de l'océan et du ciel se fait symphonie. Un nageur bardé de néoprène semble un super-héro exténué. Trois filles aux cheveux mouillés près d'un feu de grève personnifient les tensions et les rêves profonds de la jeunesse. Un prédicateur de campagne devient le Moïse du film *Les dix commandements* de Cecil B. DeMille. L'image de cette falaise battue par le vent, avec un phare, un chien, une joueuse de crosse et un arbre ont autant de présence et de mystère qu'un tableau d'Edward Hopper.

Susan Lapides a l'intuition et le courage qu'il faut pour tendre à St. George et à ses habitants un miroir honnête de ce qu'ils sont. Ses photographies nous transportent au gré des vagues de cet horizon bleu et brillant, de ces pêcheurs, de ces êtres humains.

– JOHN LEROUX
Directeur des collections et des expositions, et directeur de l'Institut Marion McCain pour l'art du Canada atlantique, Musée des beaux-arts Beaverbrook

*St George: Ebb & Flow* is my tribute to the residents of St. George, a rural community on the Bay of Fundy. The age-old fishing pursuits of sardines and lobster, and the newer salmon farming industry, rapidly reinvent themselves to keep pace with climate change and global demand.

The short Maritime summers with long evenings are cherished as they have been for generations. Light bends, time slows, families and friends gather around bonfires as the sun sets, and the stars come out. These moments between the memories feel iconic to the Maritime experience: the deep connection to the natural world, the rhythmic dance of the tides, and the mesmerizing, shifting beauty.

I extend my deepest gratitude to the residents of St. George for opening your doors and sharing your stories. You made it possible for me to be a chronicler of the ebb and flow of your hometown.

— SUSAN LAPIDES

*St. George : Au gré des vagues* est un hommage aux résidents de St. George. Dans cette communauté rurale de la baie de Fundy, les changements climatiques et la demande mondiale forcent l'adaptation rapide de la pêche à la sardine et au homard et, plus récemment, de l'élevage du saumon.

Les longues soirées du bref été maritime y font le bonheur des gens depuis des générations. Quand le jour baisse et que le temps ralentit, familles et amis font cercle autour d'un feu, tandis que le soleil se couche et que les étoiles paraissent. Ces moments tissés d'un souvenir à l'autre semblent typiques de l'expérience maritime : celle de liens étroits avec la nature, de la danse rythmique des vagues et d'une beauté mouvante, hypnotique.

Merci de tout cœur aux résidents de St. George qui m'ont ouvert leur porte et m'ont raconté leur histoire. Grâce à vous, je suis devenue mémorialiste du flux et du reflux des vagues dans votre petite ville.

– SUSAN LAPIDES

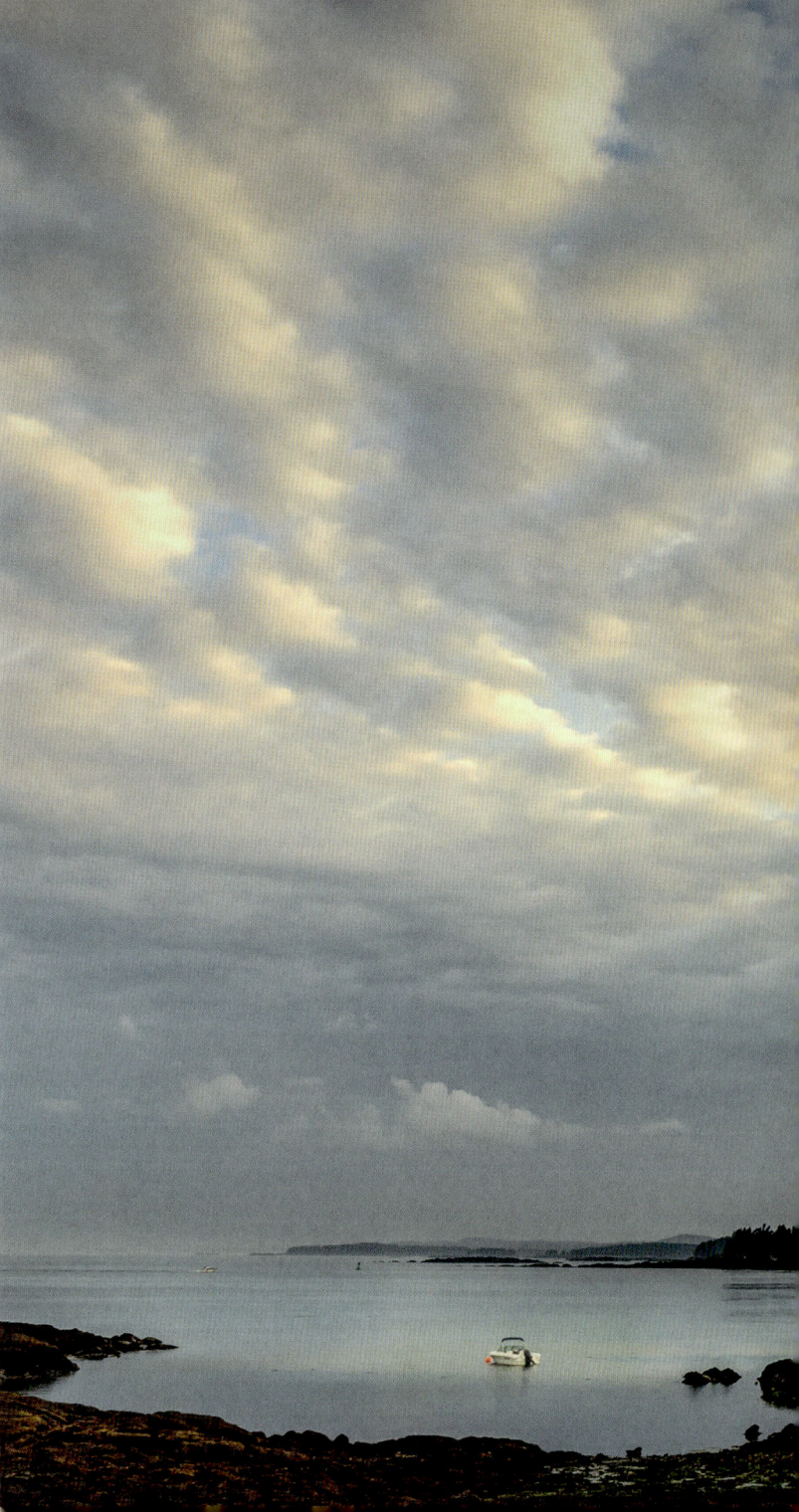

*Big Sky,* 2012

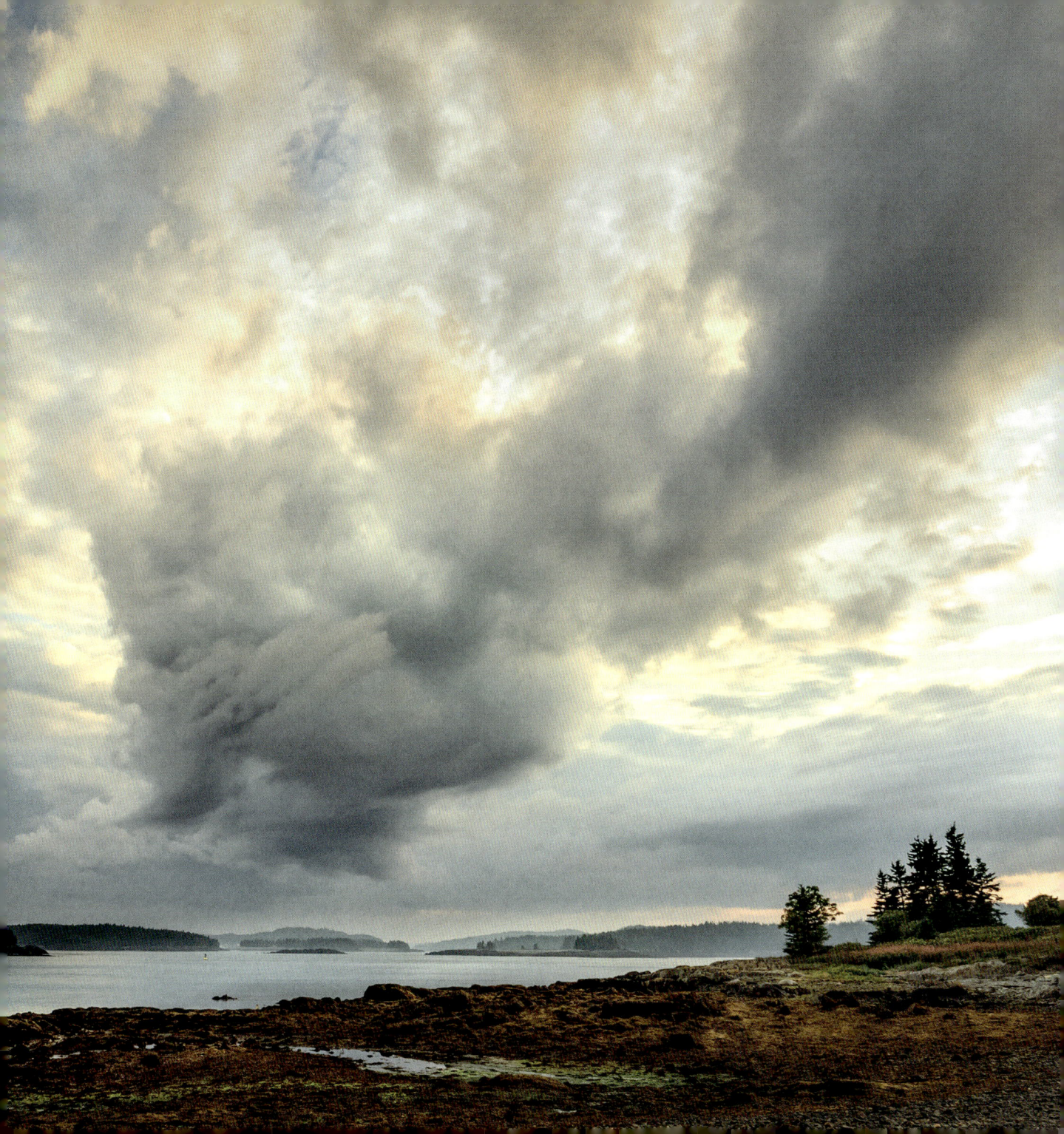

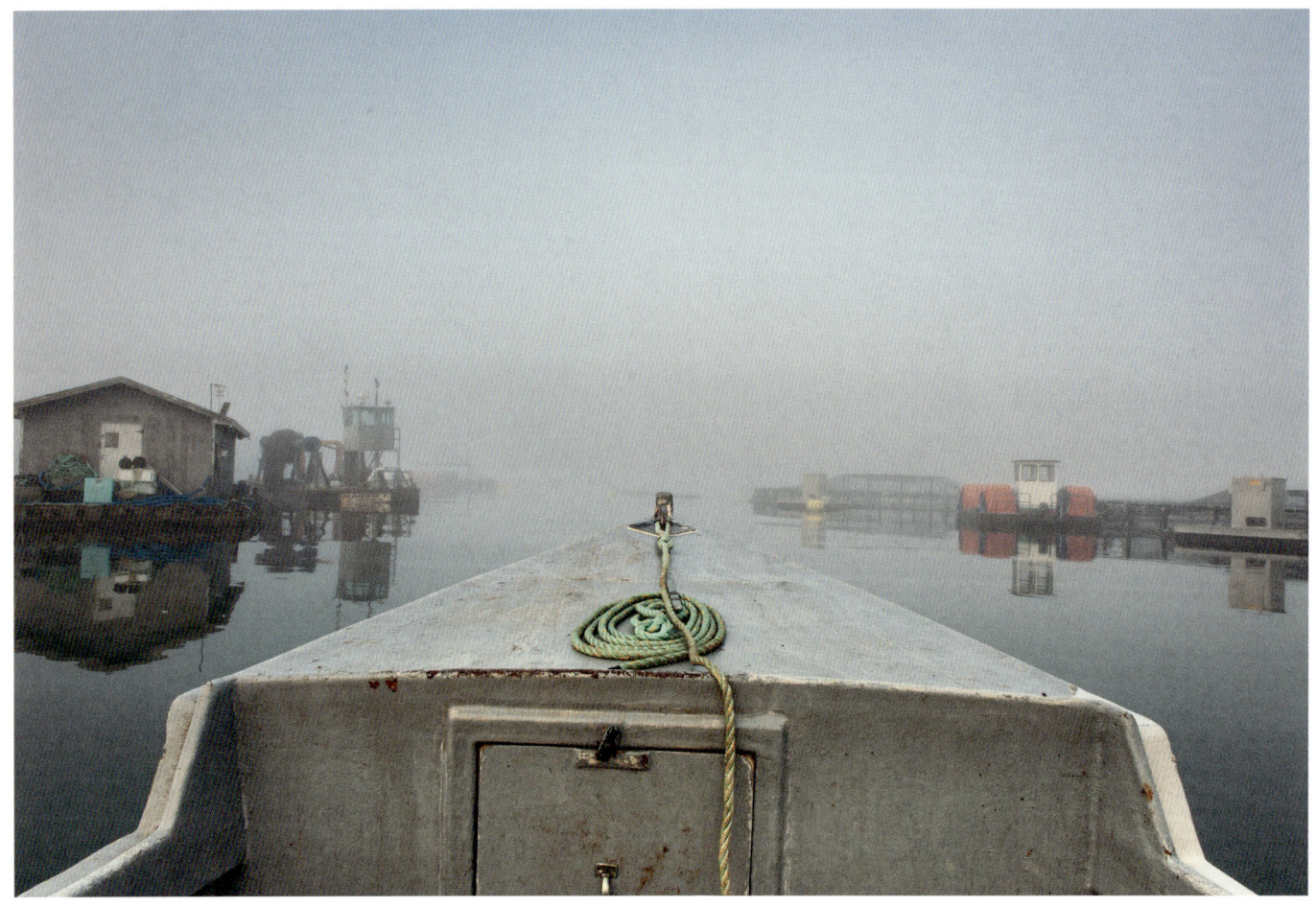

*Salmon Farm*, 2009

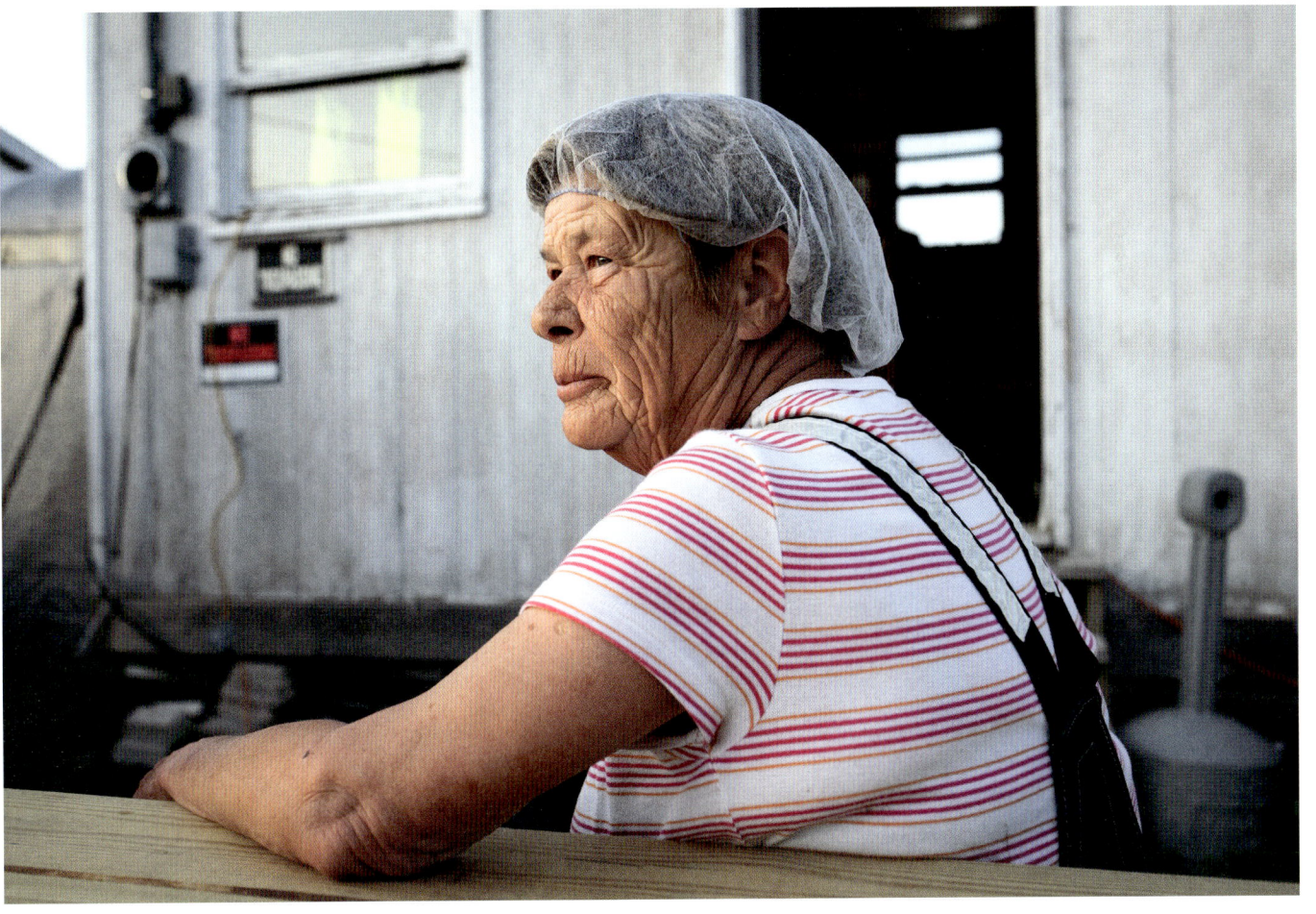

*Shift Over*, 2018

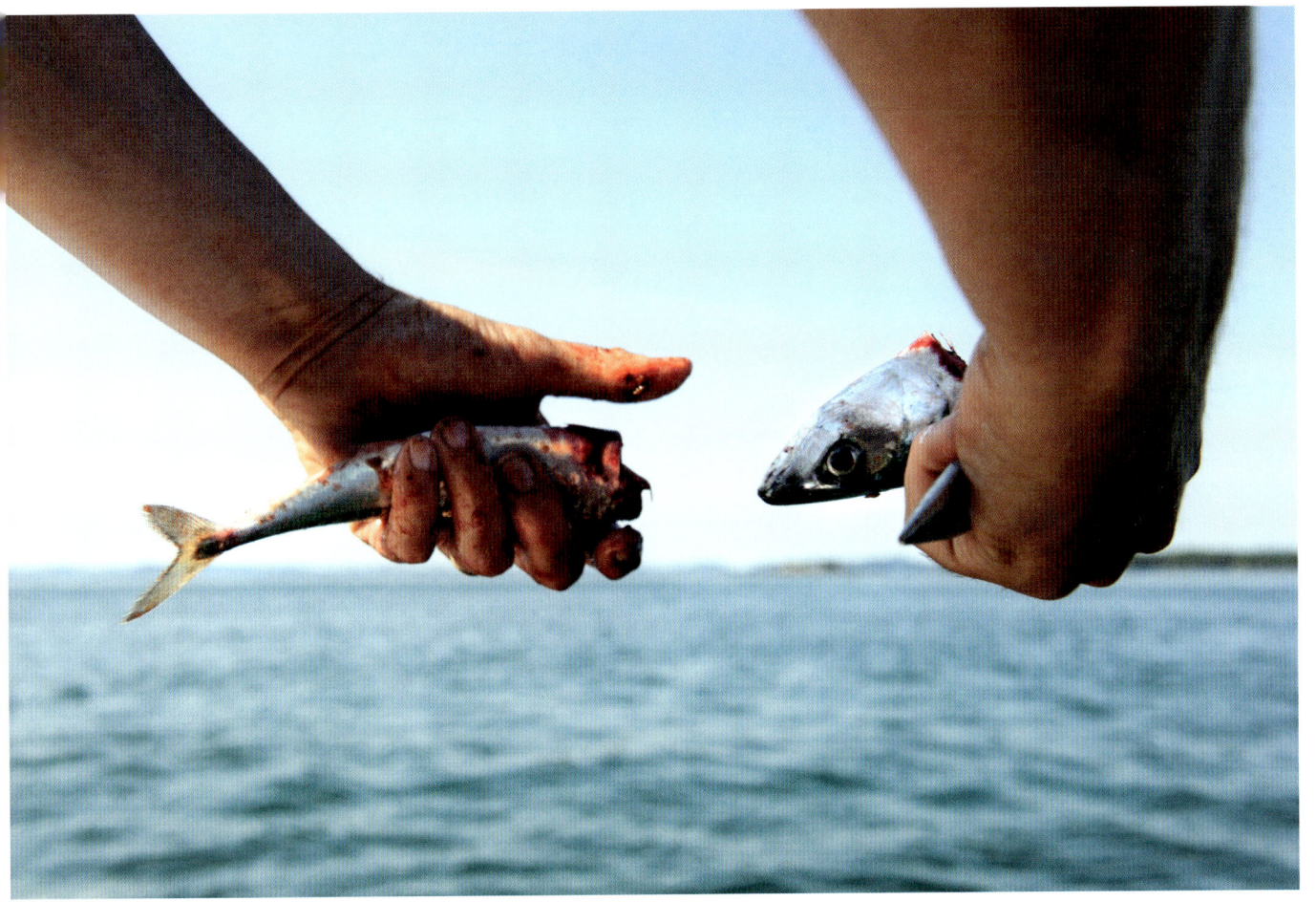

*Fishing*, 2012

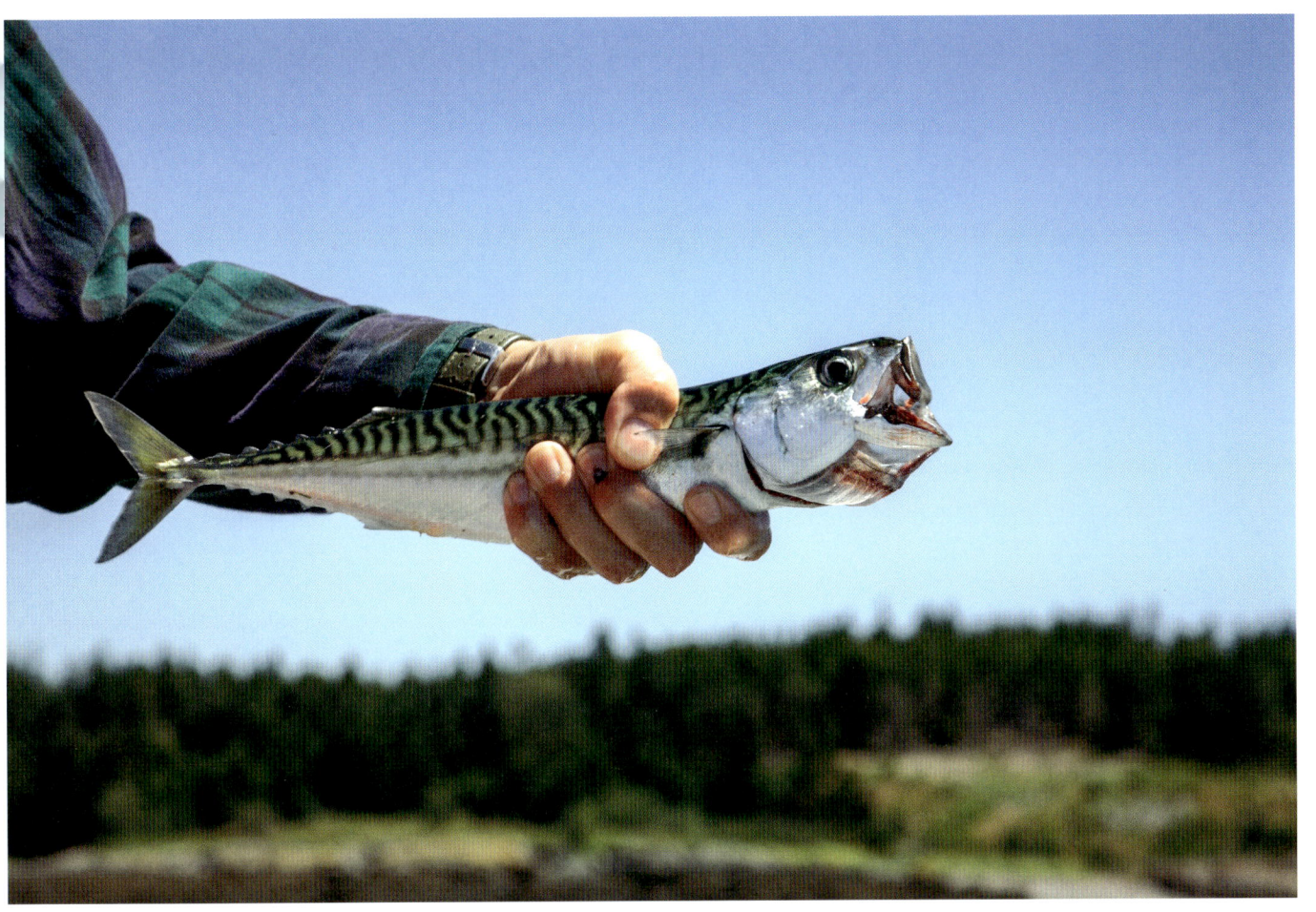

*Mackerel*, 2006

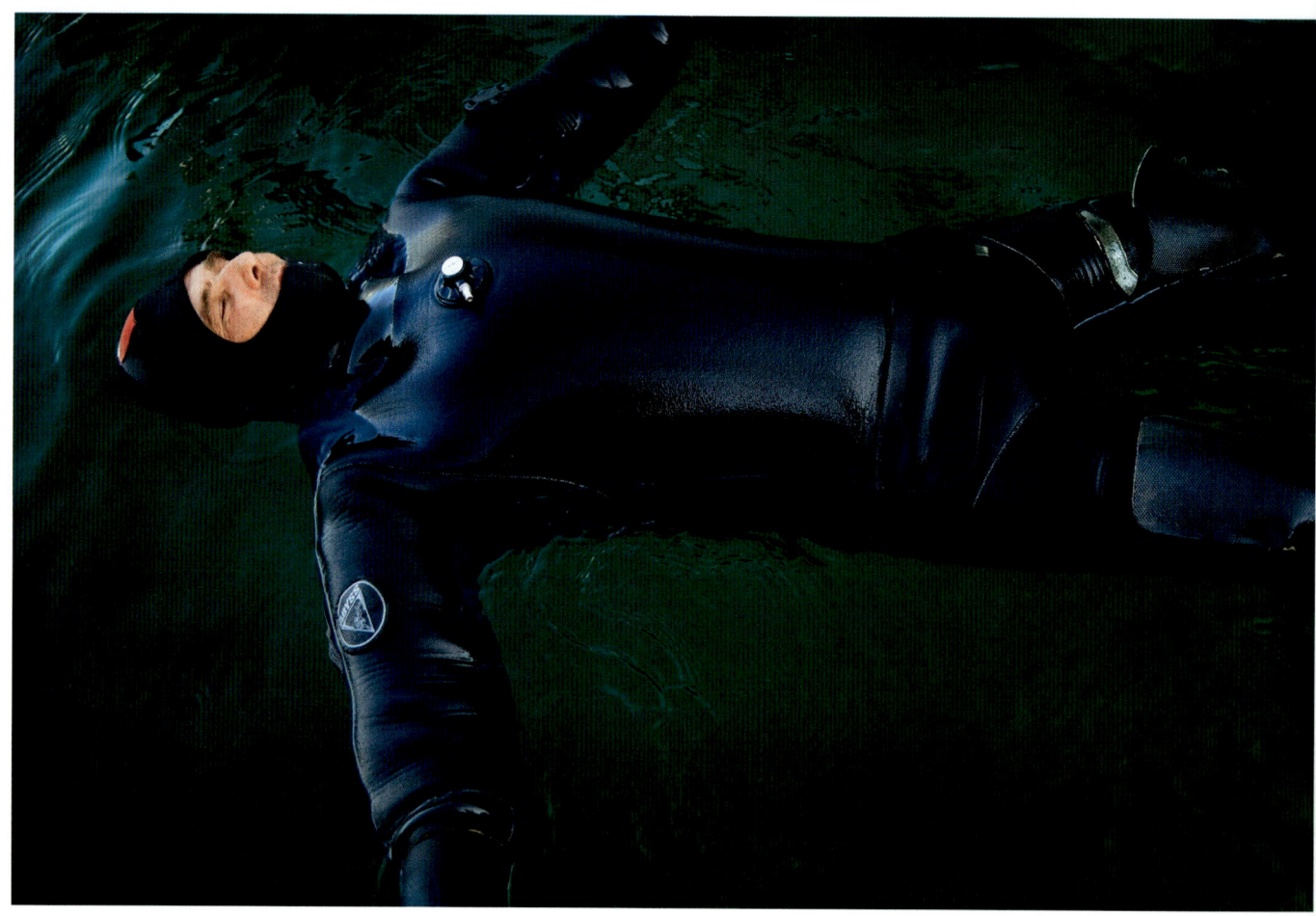
*Floating*, 2009

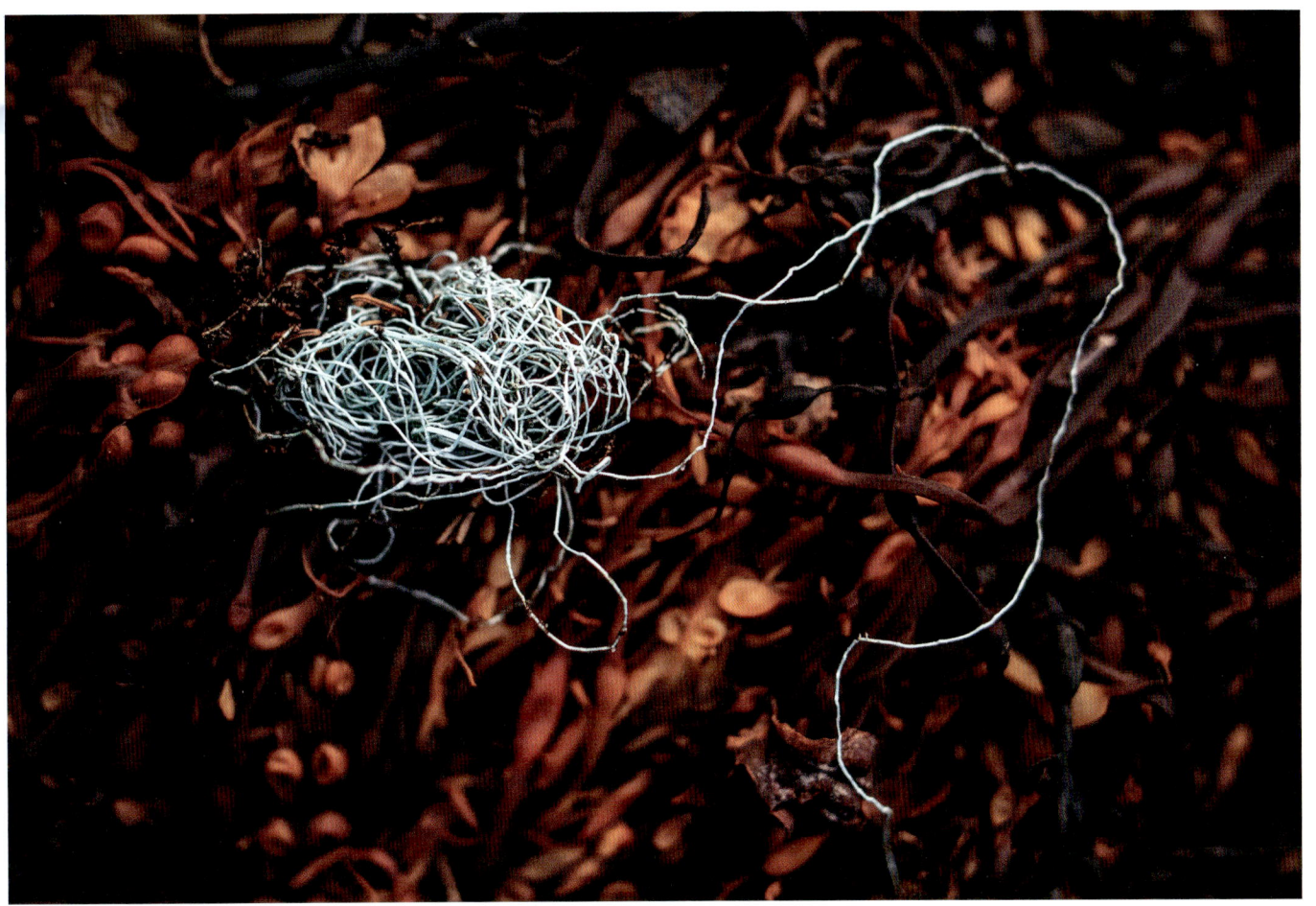

*Twine*, 2018

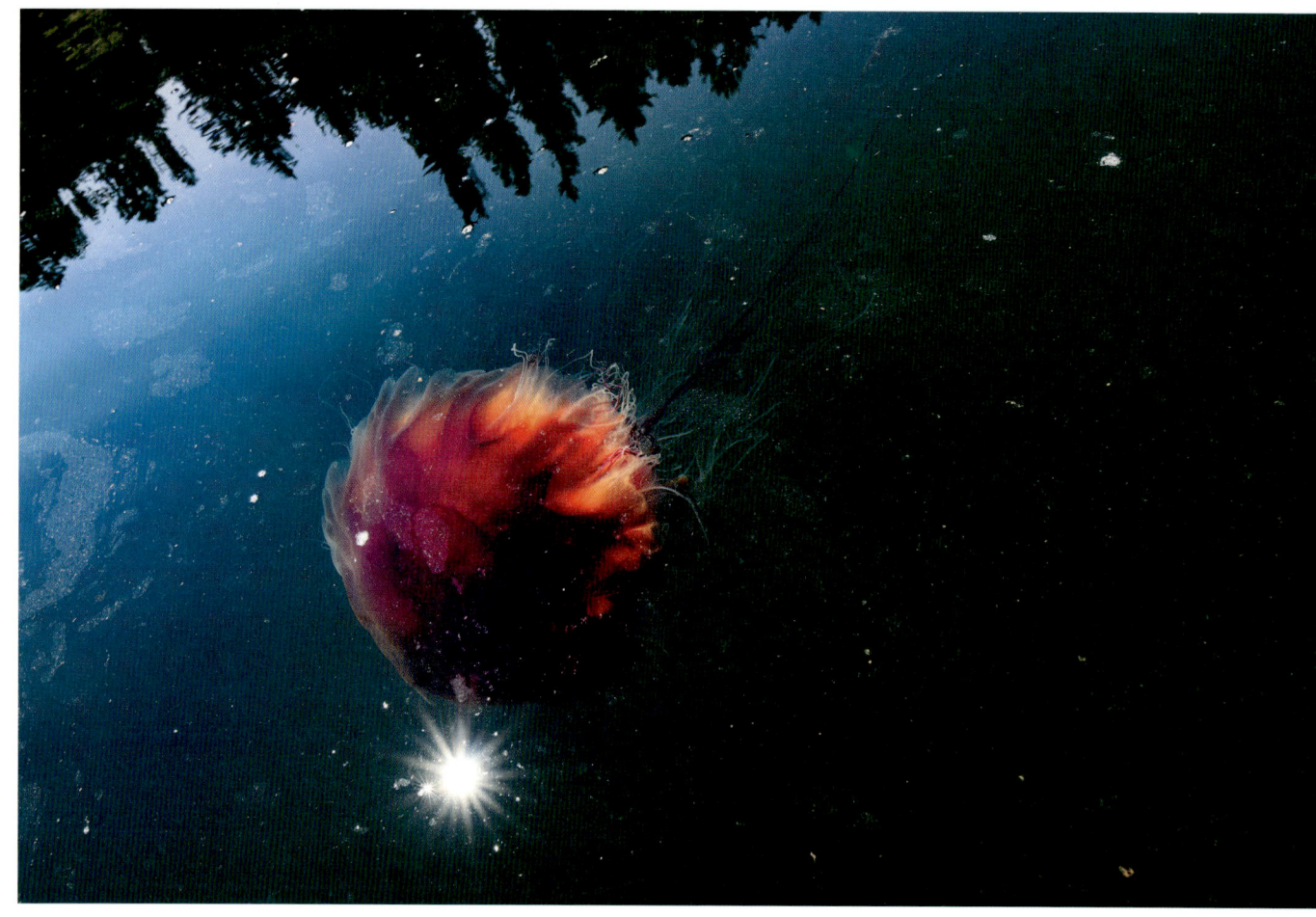

*Lion's Mane*, 2015

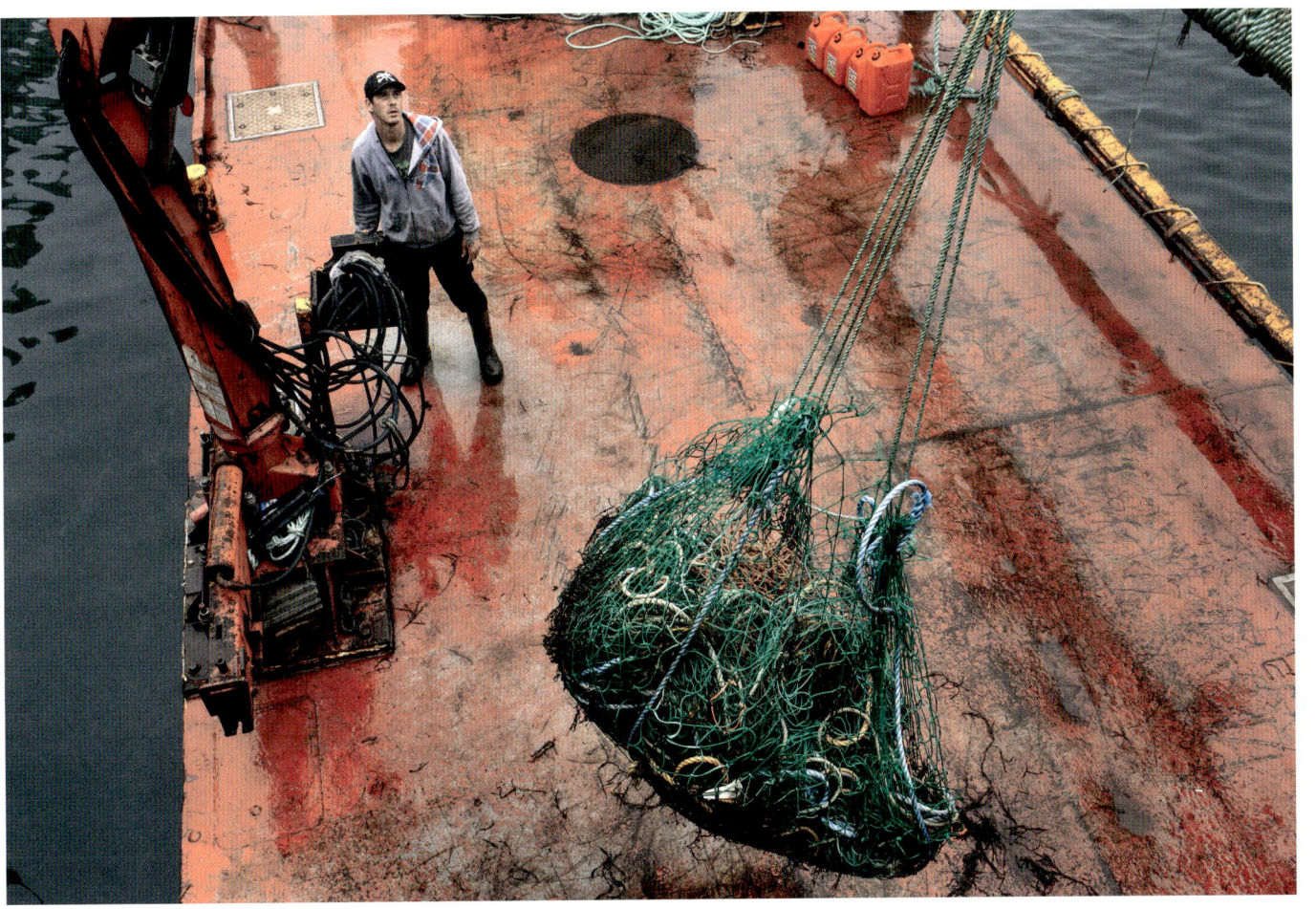

*Recycling Rope*, 2015

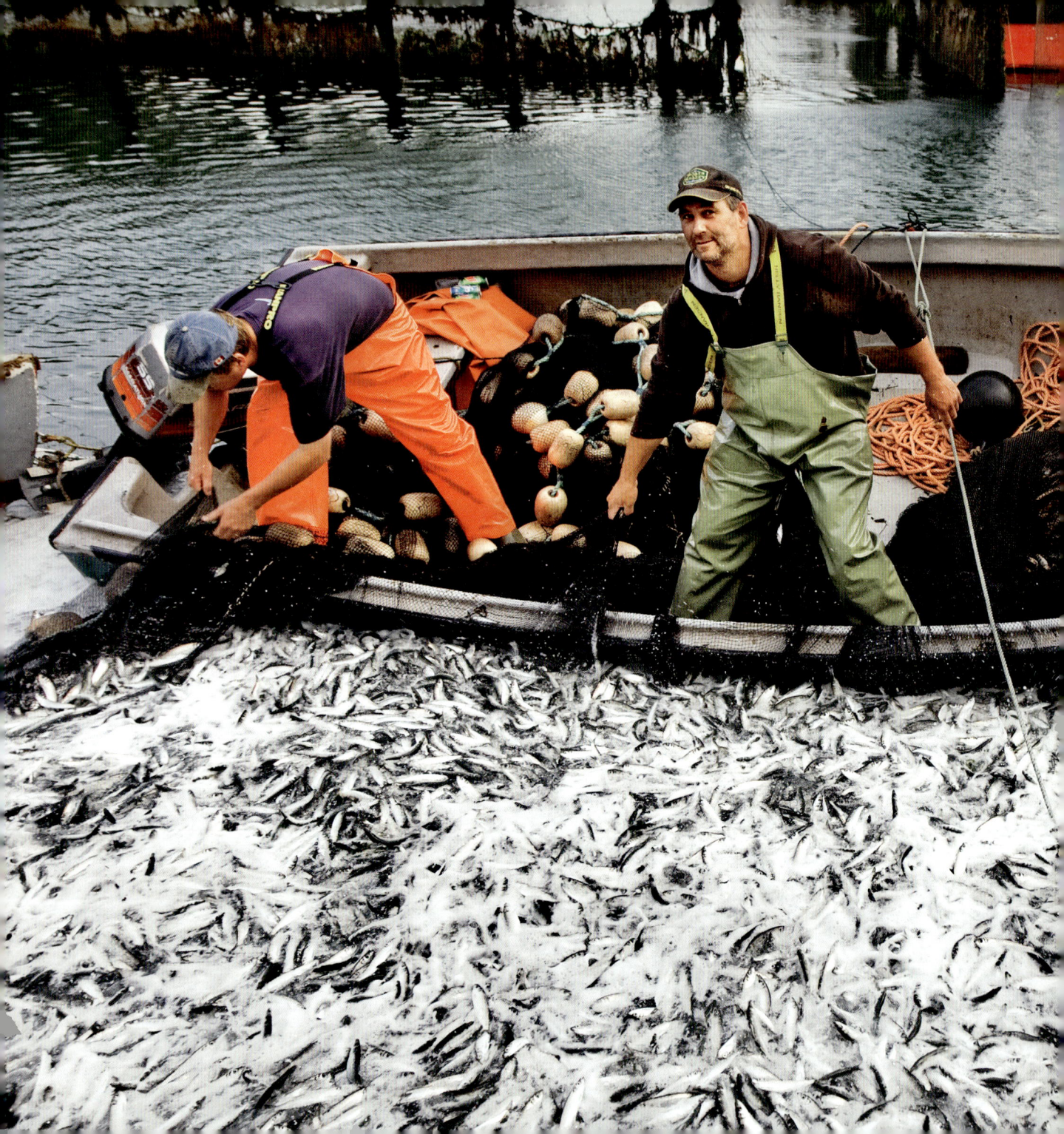

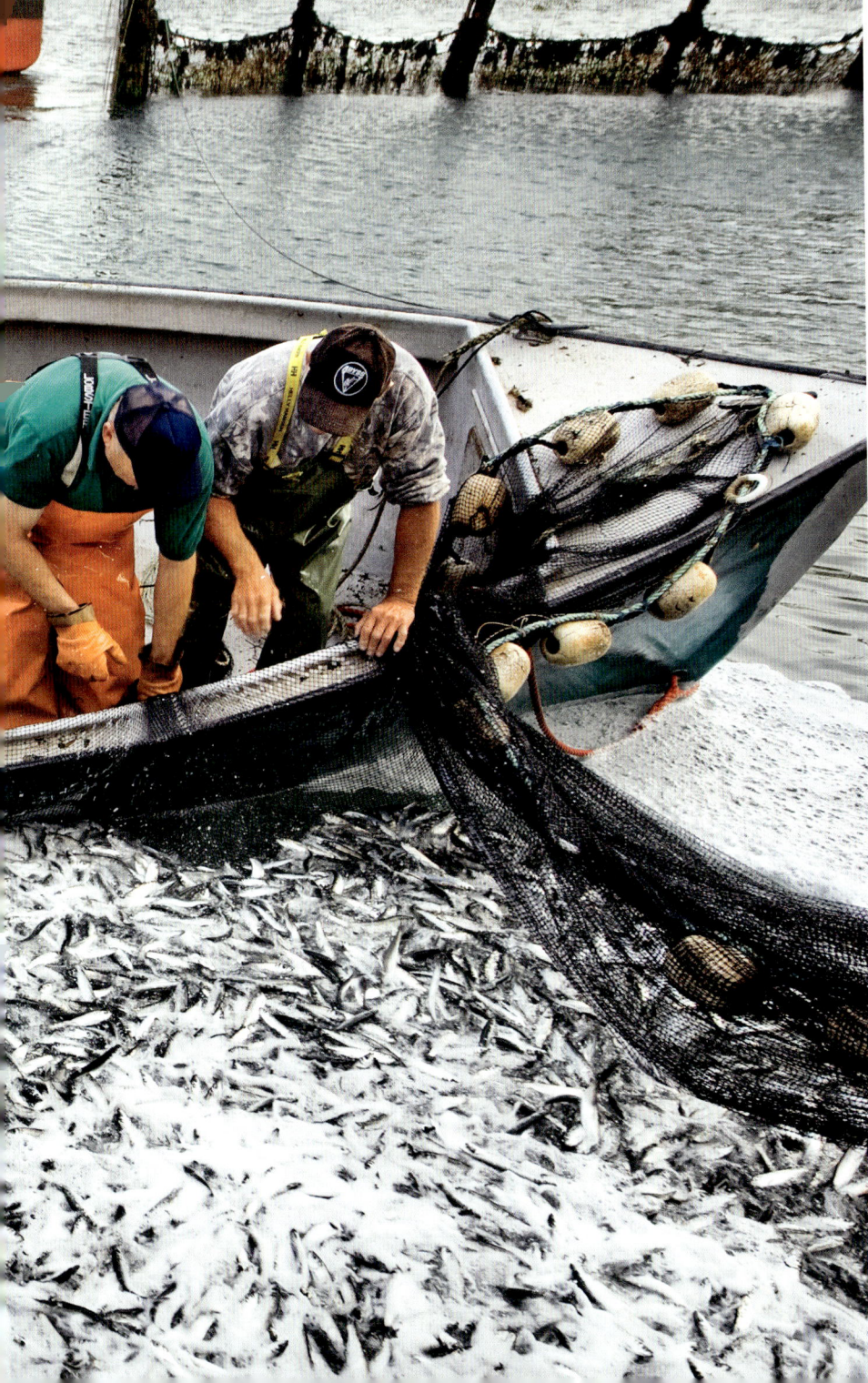

*Herring Catch*, 2008

*White Cross Jellyfish*, 2015

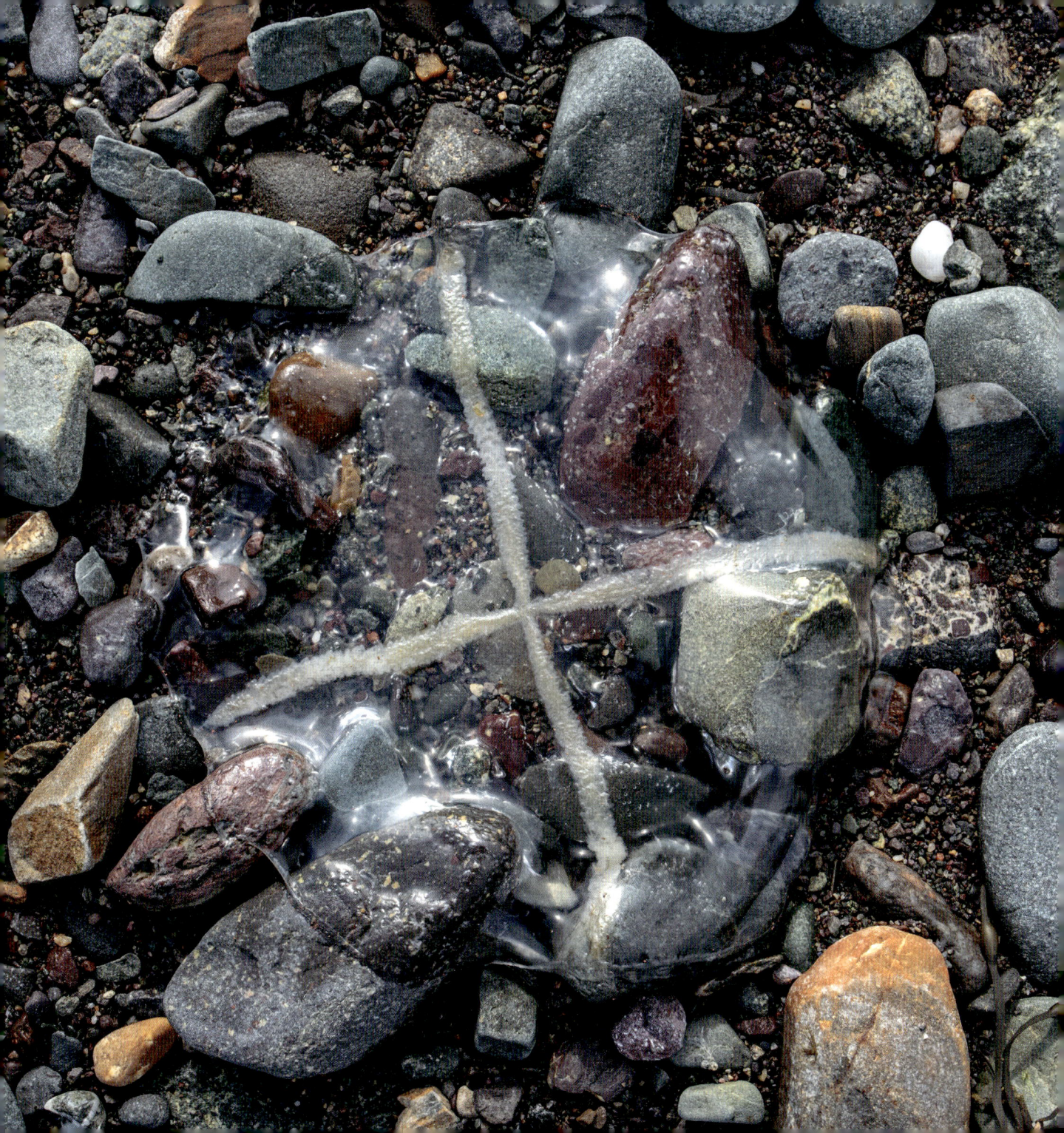

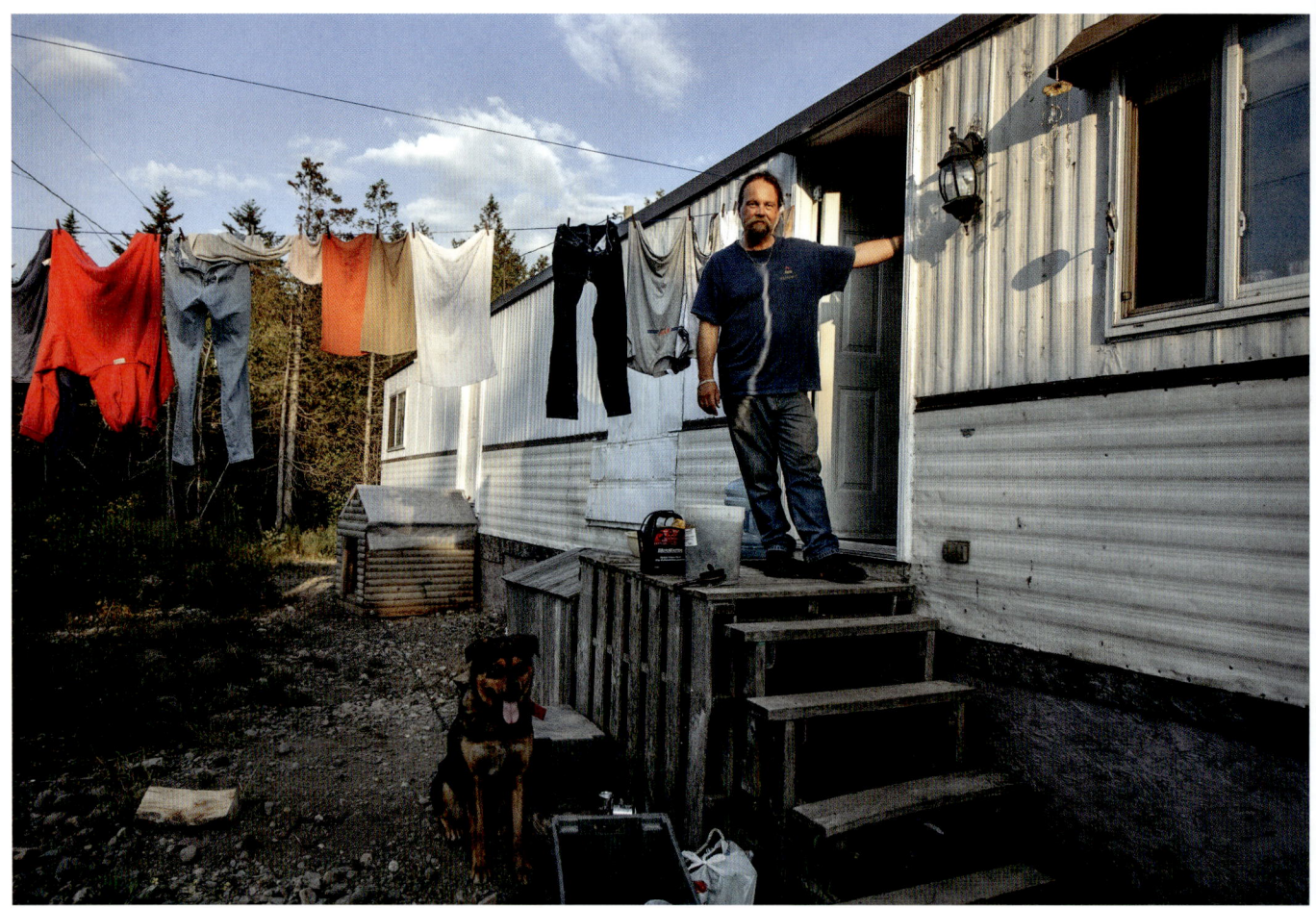

*Andre*, 2007

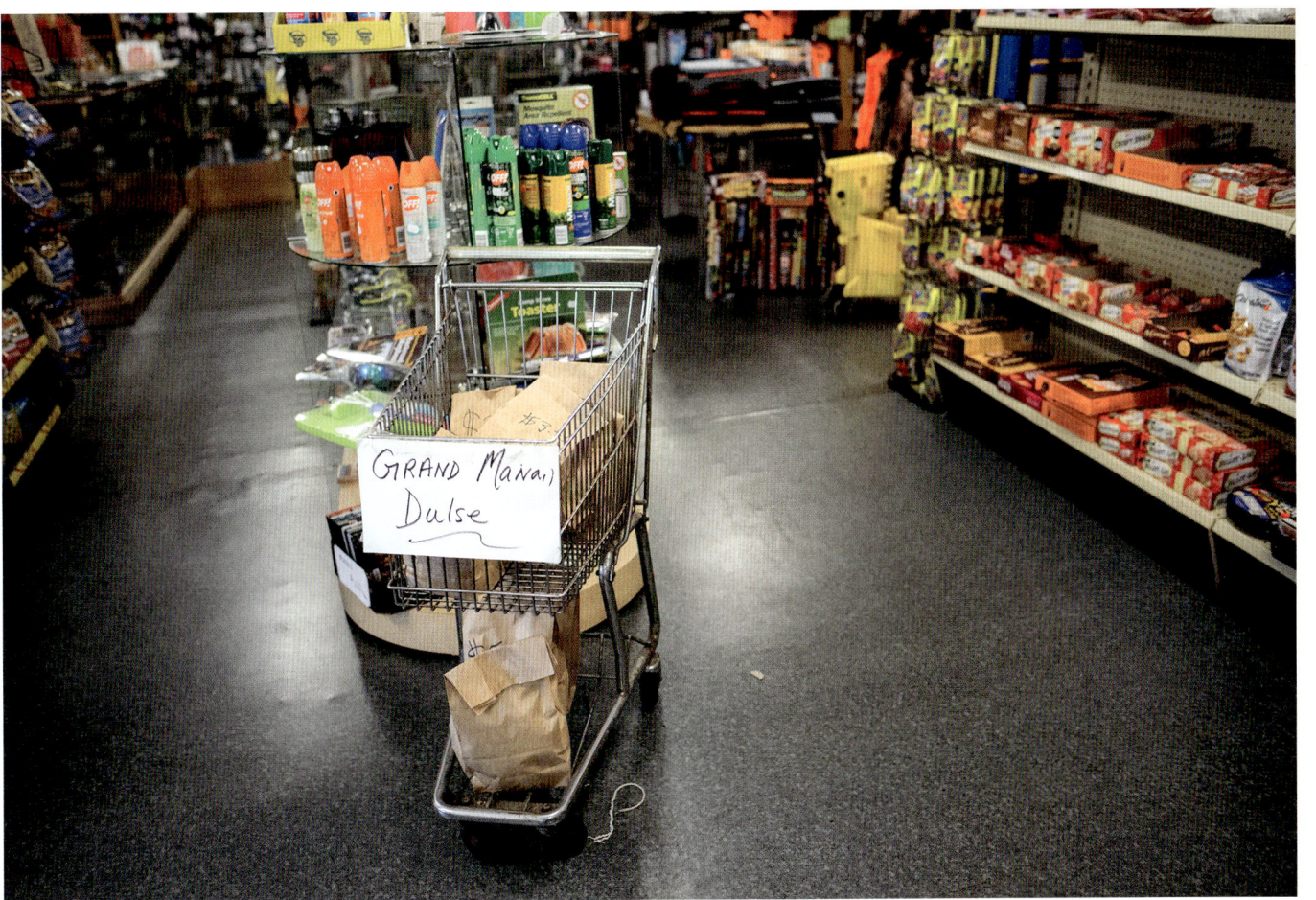

*Utopia Convenience Store*, 2016

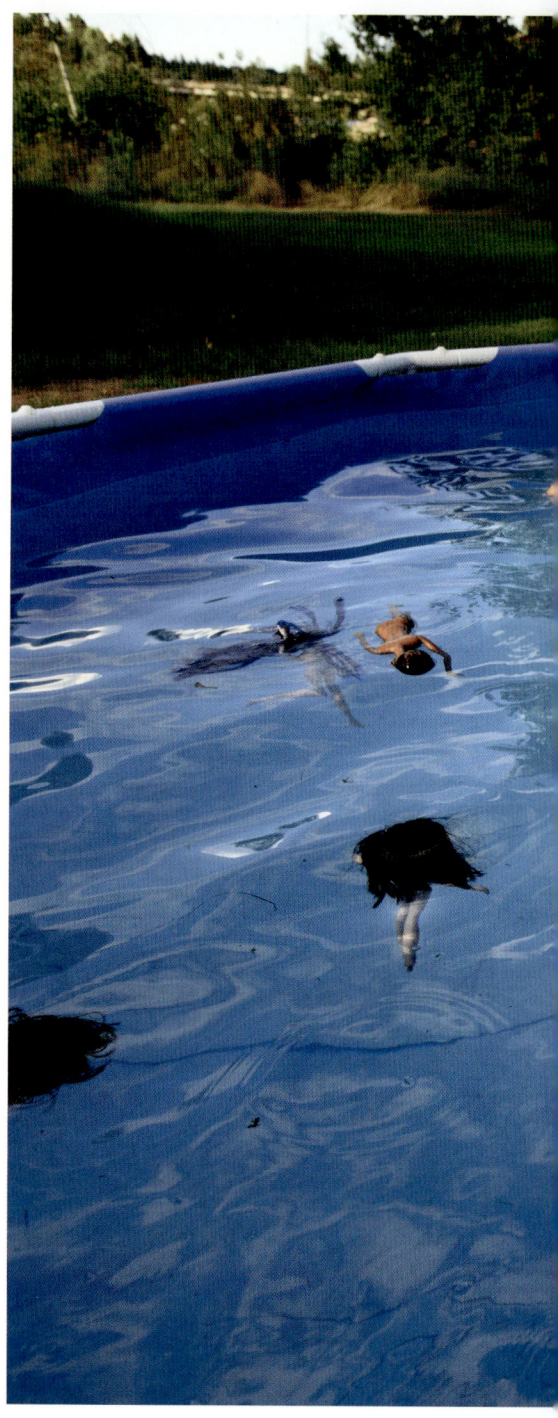

*Backyard Pool*, 2016

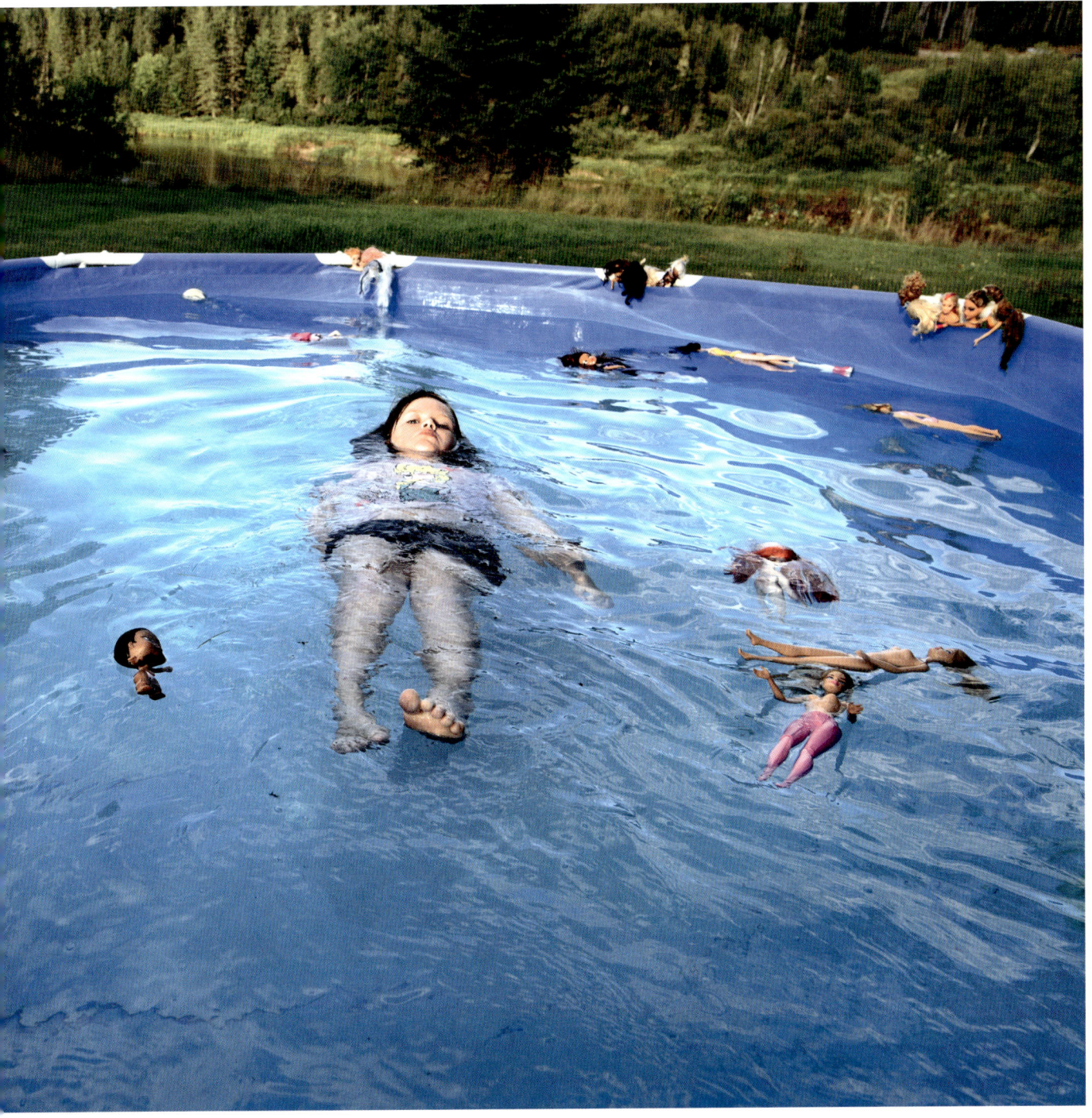

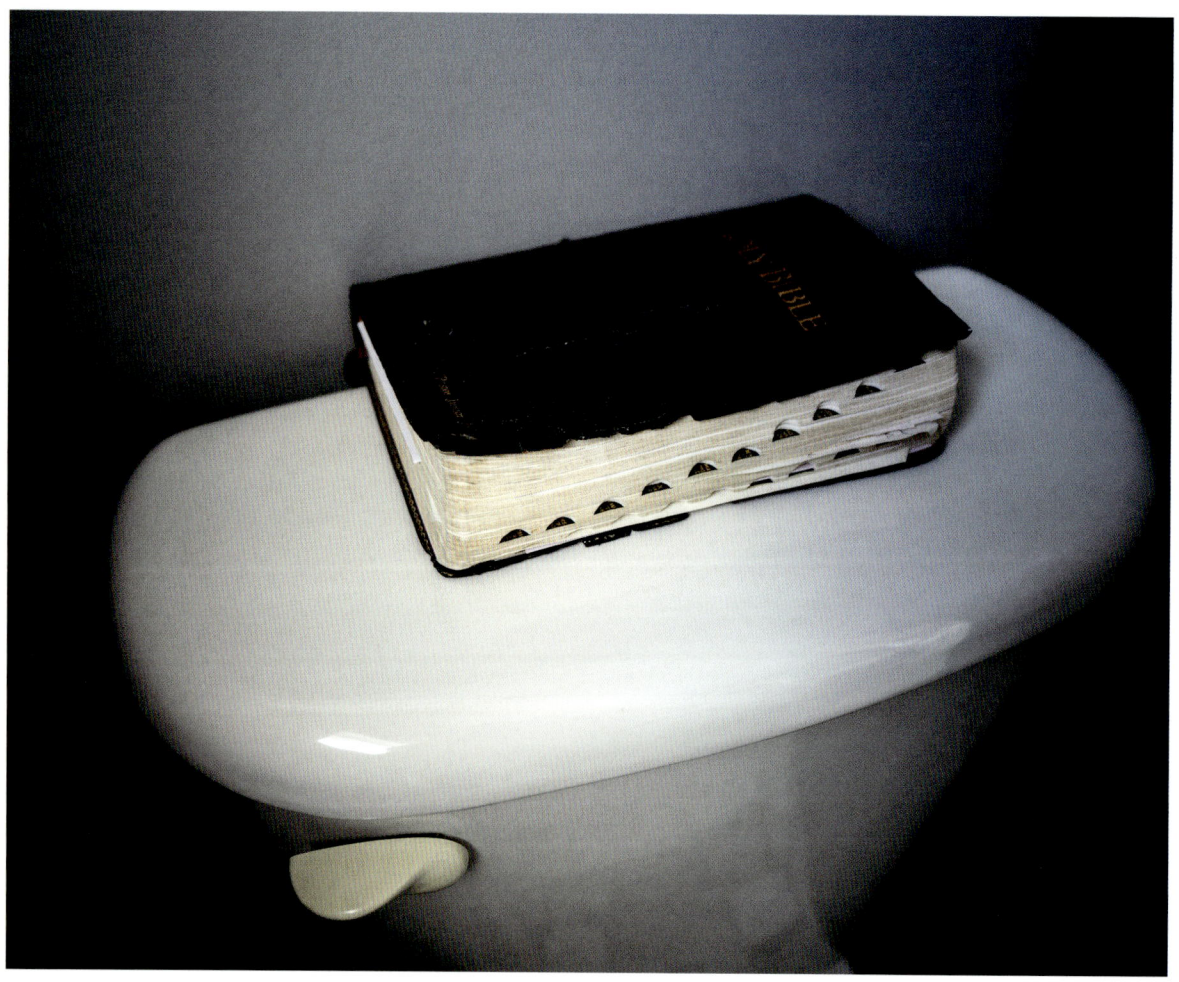

*Holy Bible*, 2021

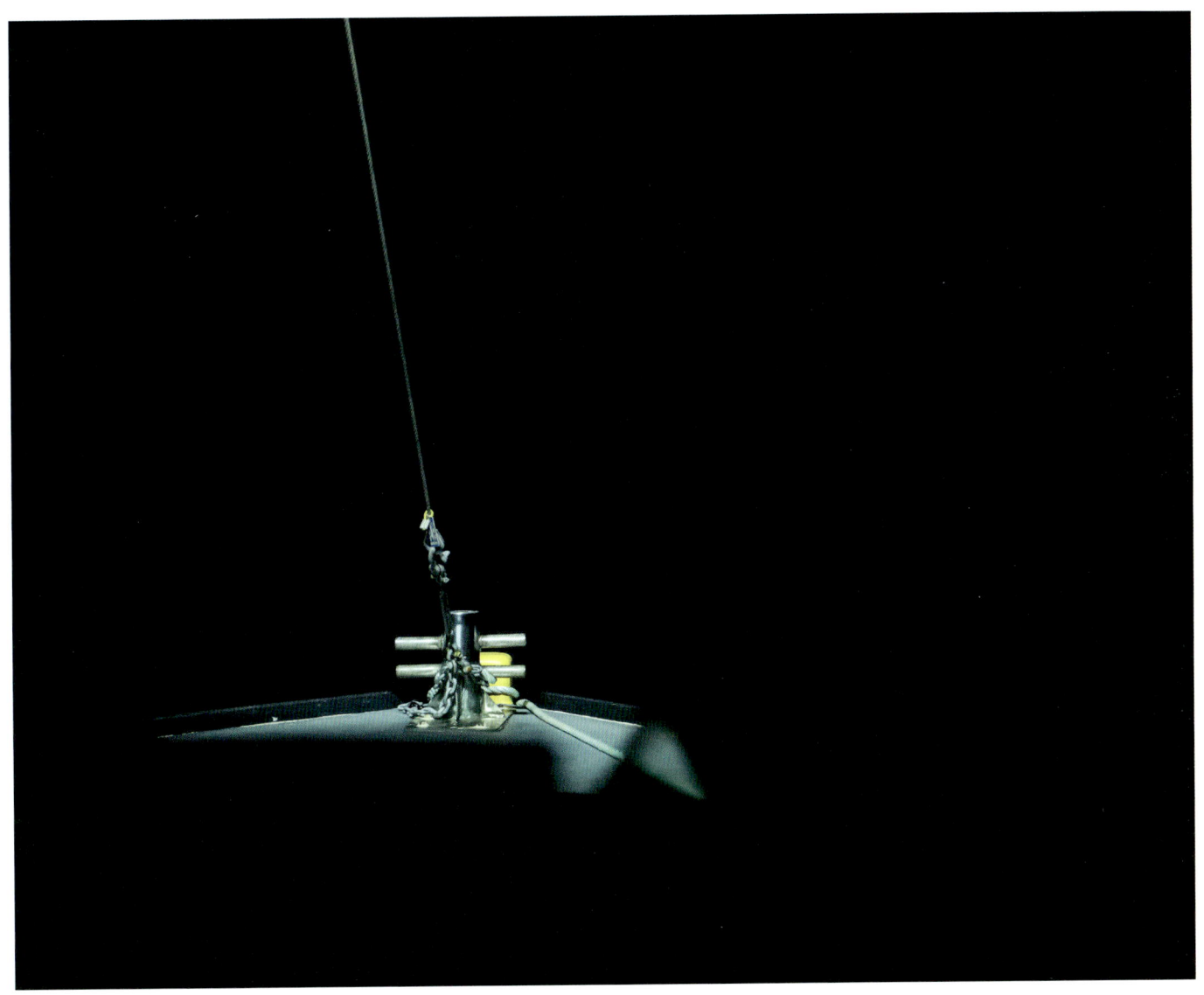

*Bow*, 2021

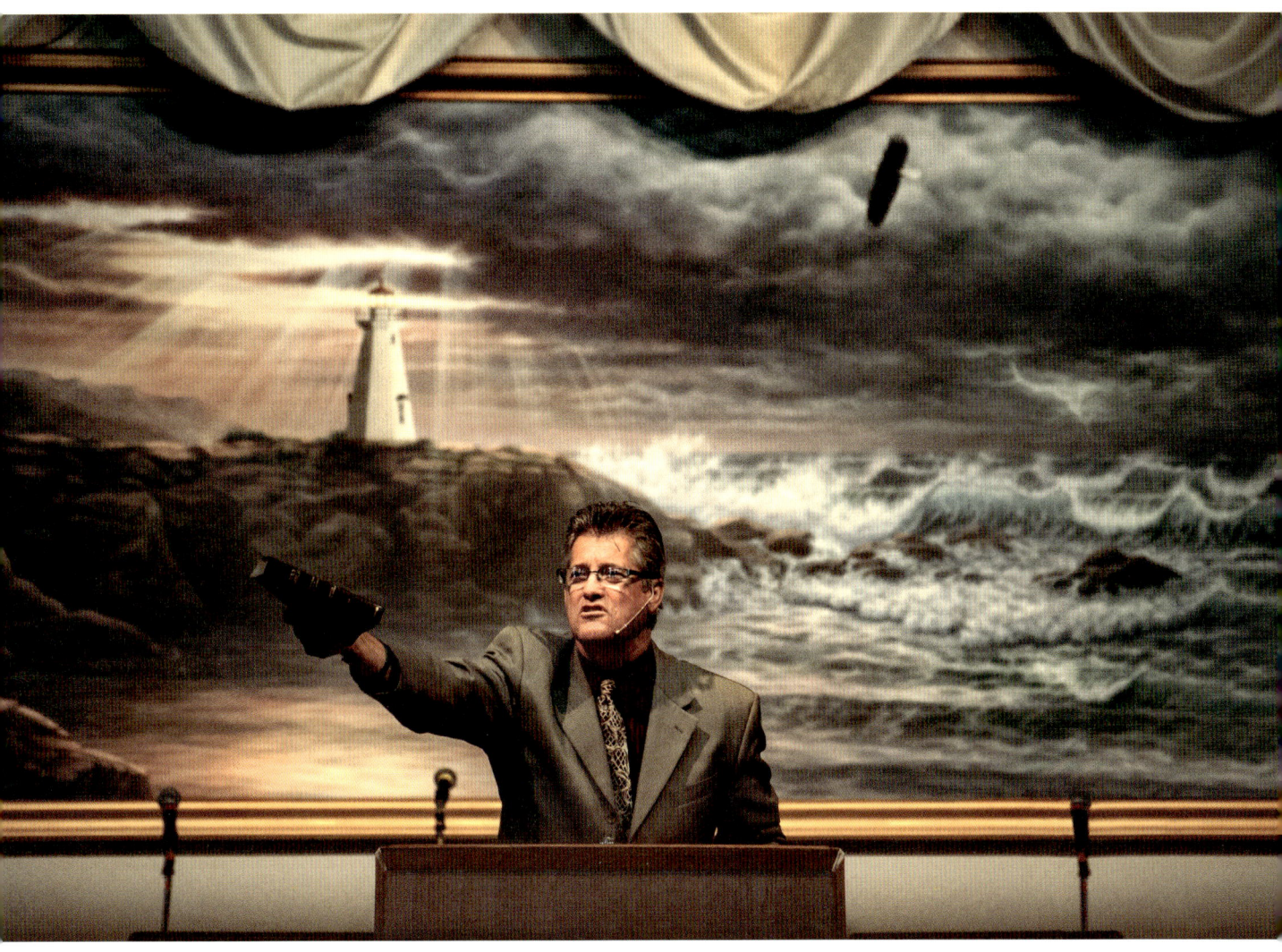

*Seaview Gospel Church*, 2013

*Ancestors*, 2021

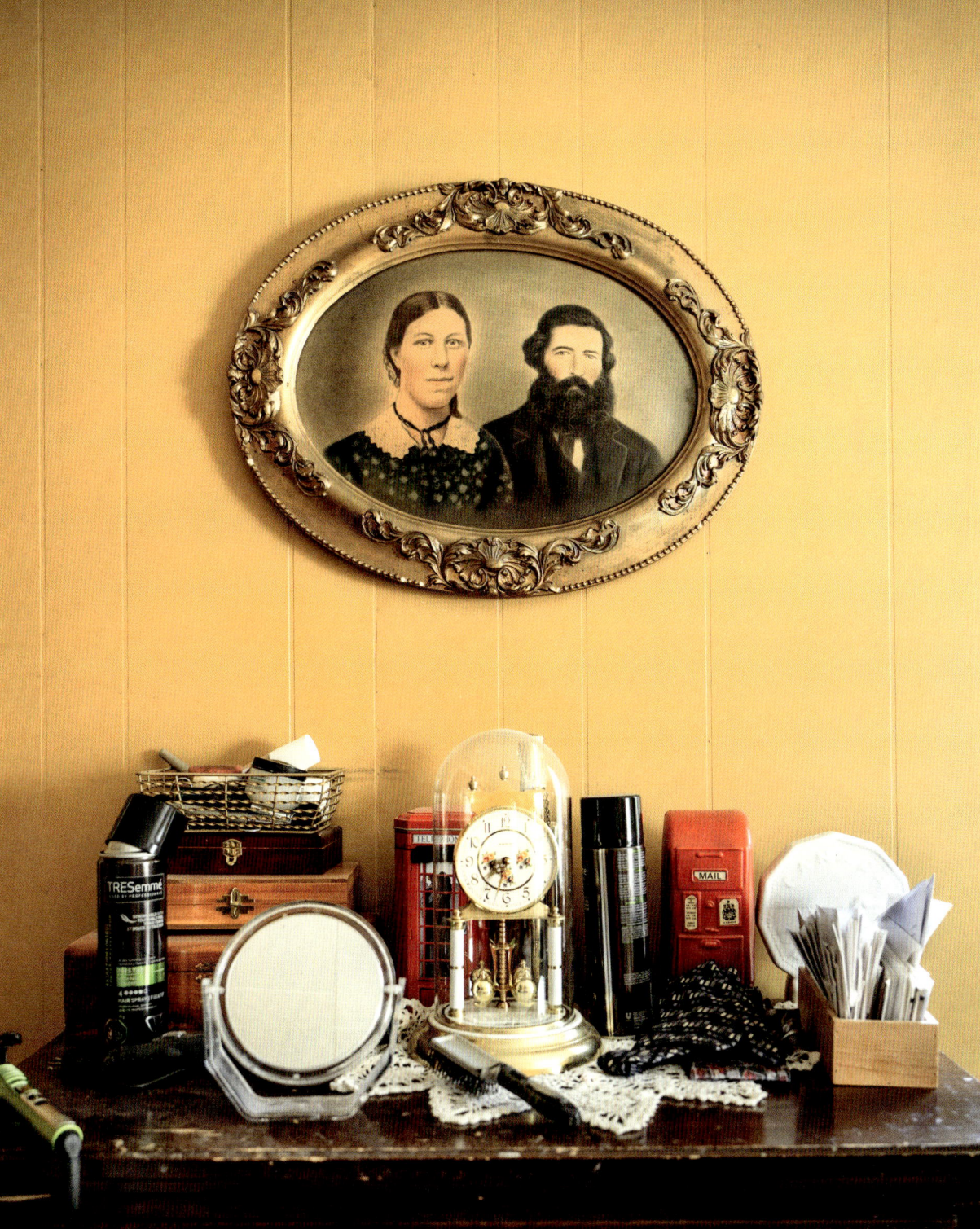

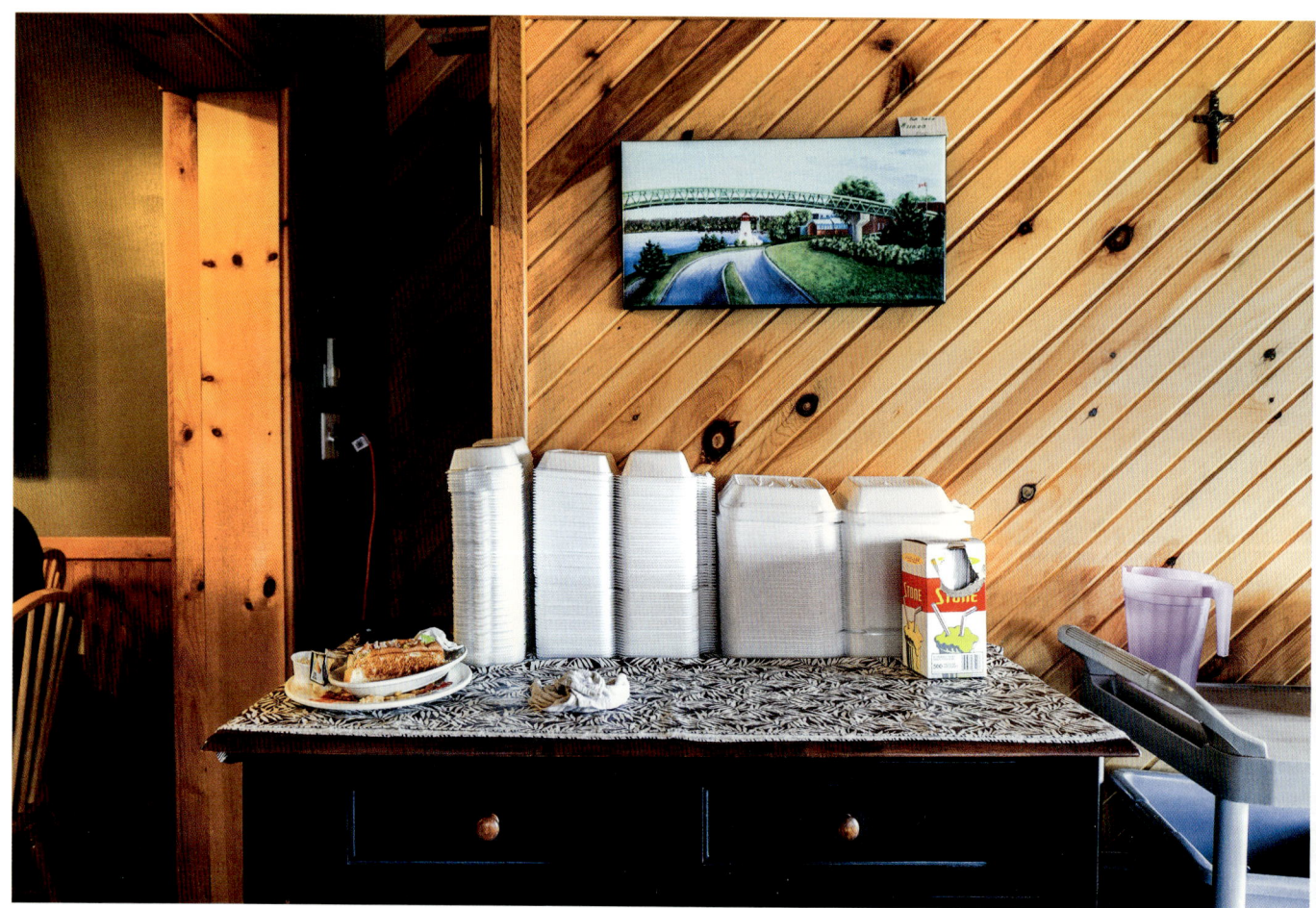

*Comeau's Seafood*, 2014

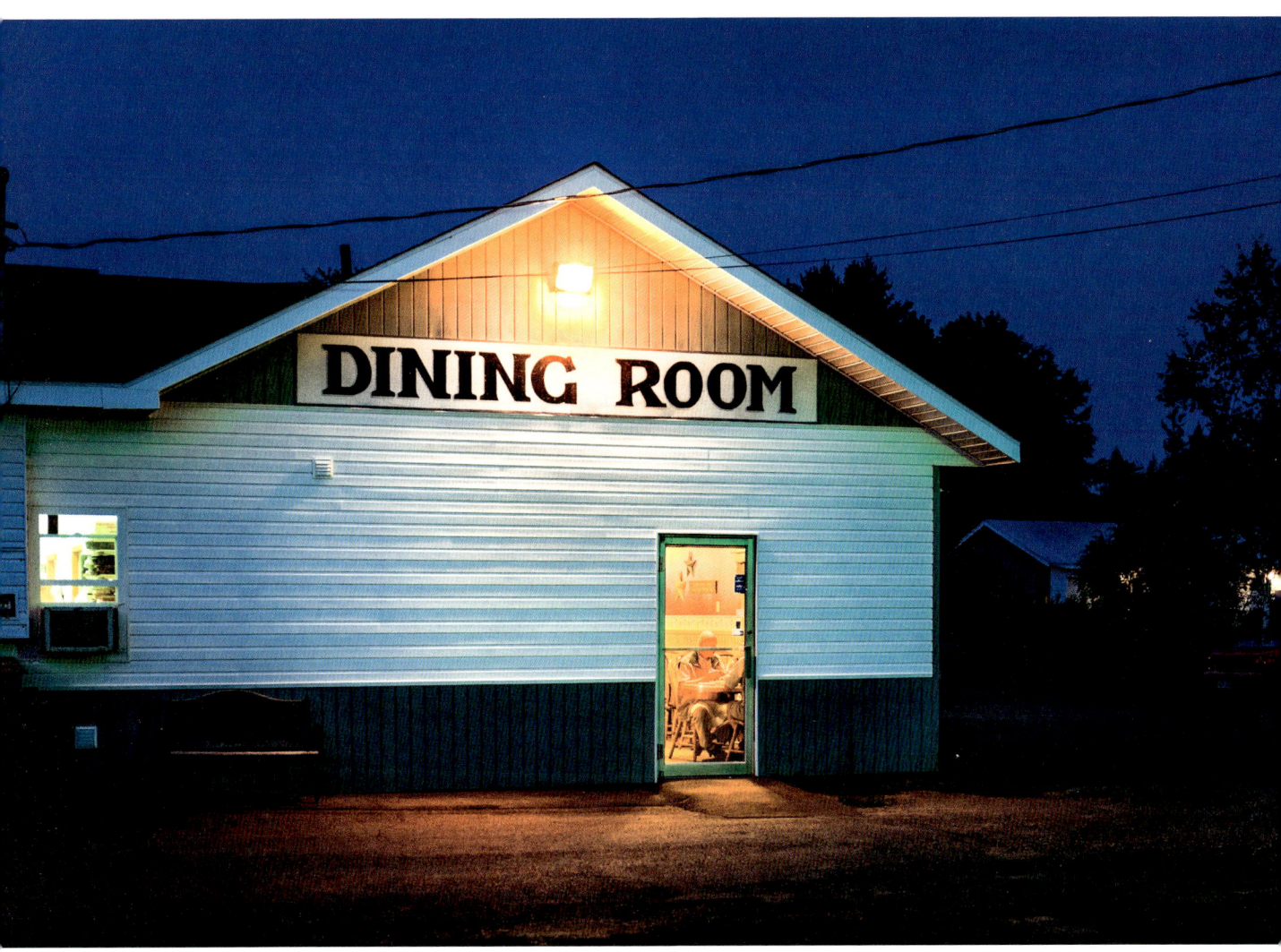

*Dining Room*, 2010

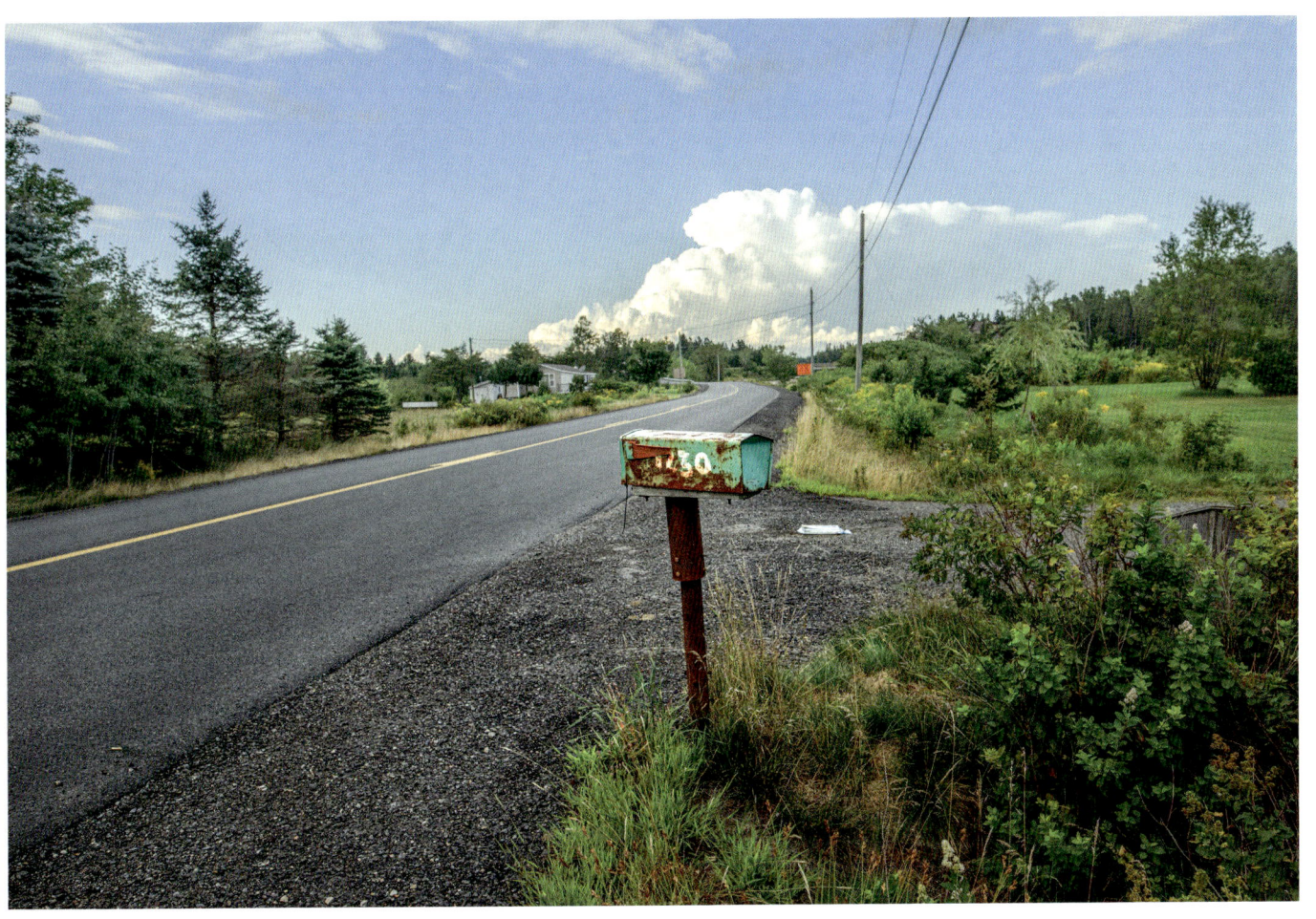

*#30*, 2016

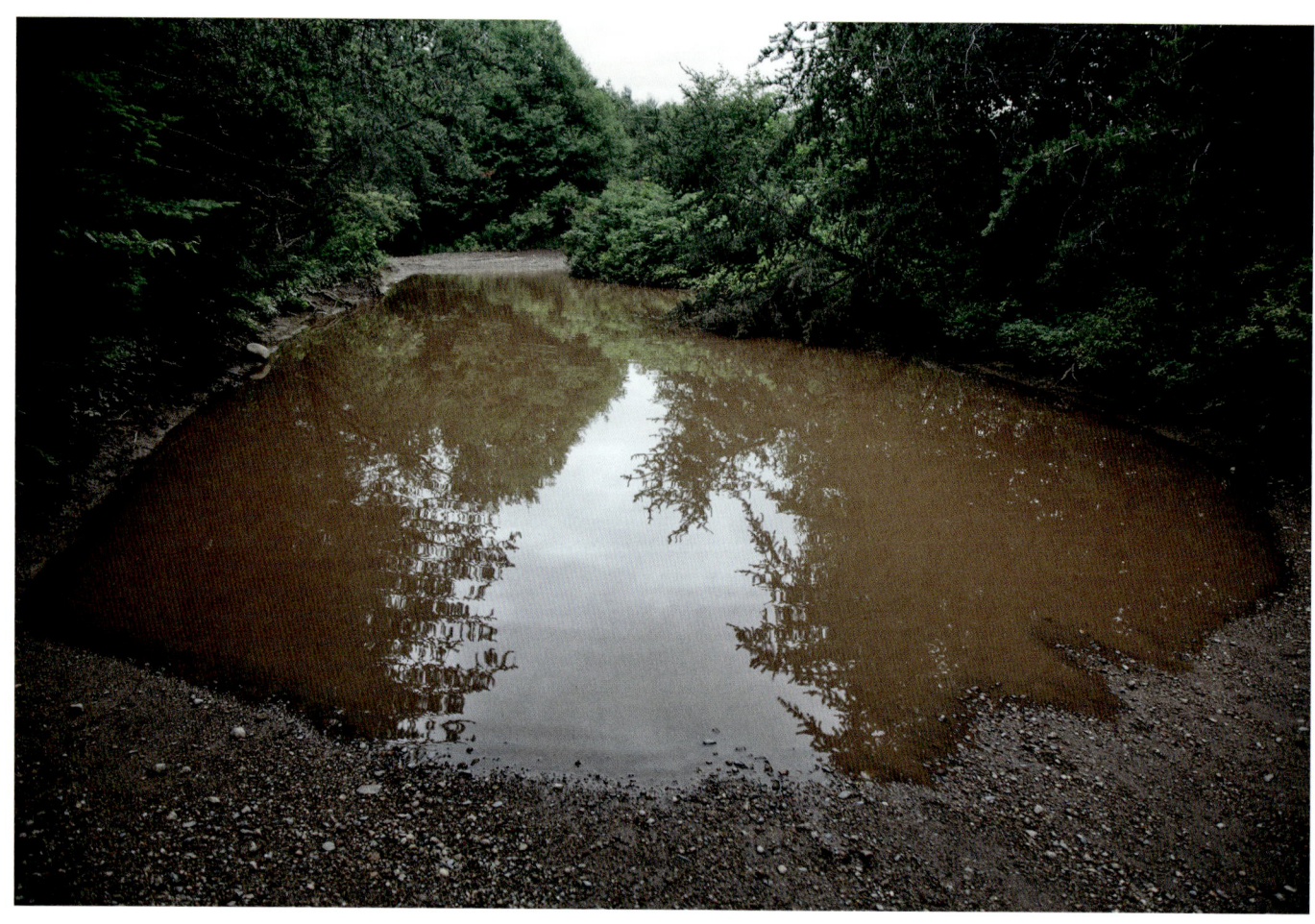

*The Puddle*, 2008

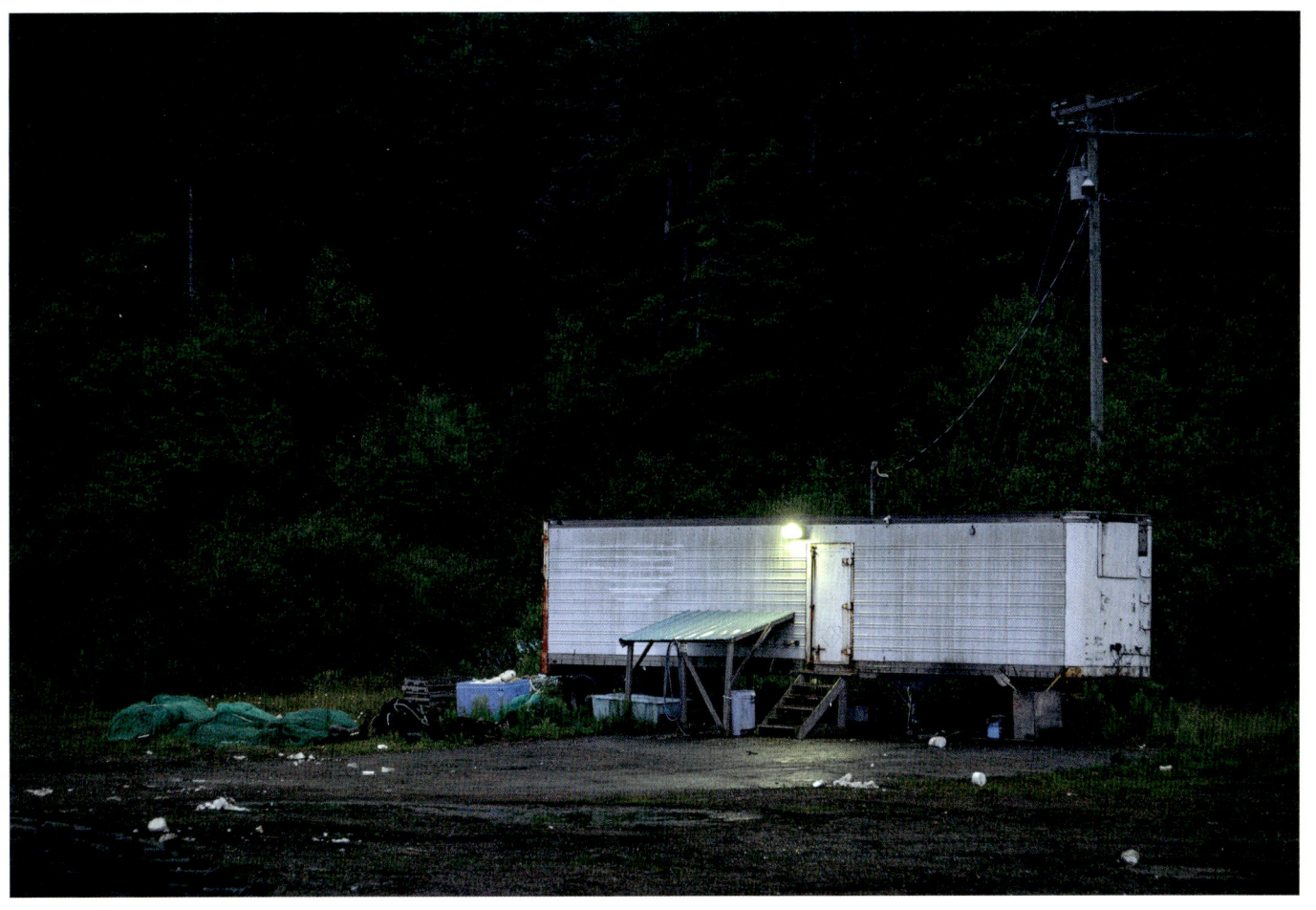

*Cast Aside*, 2010

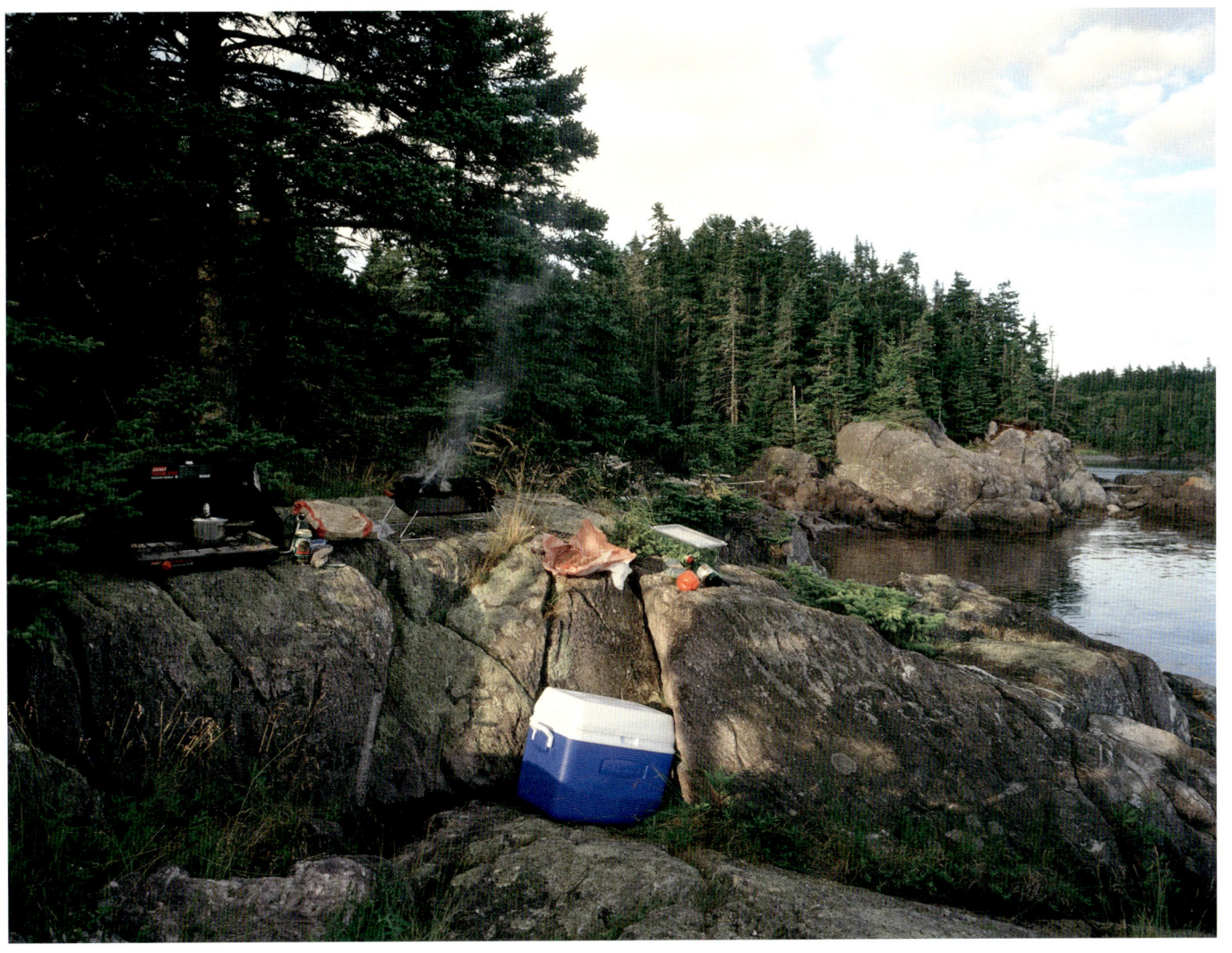

*Granite Counter*, 2006

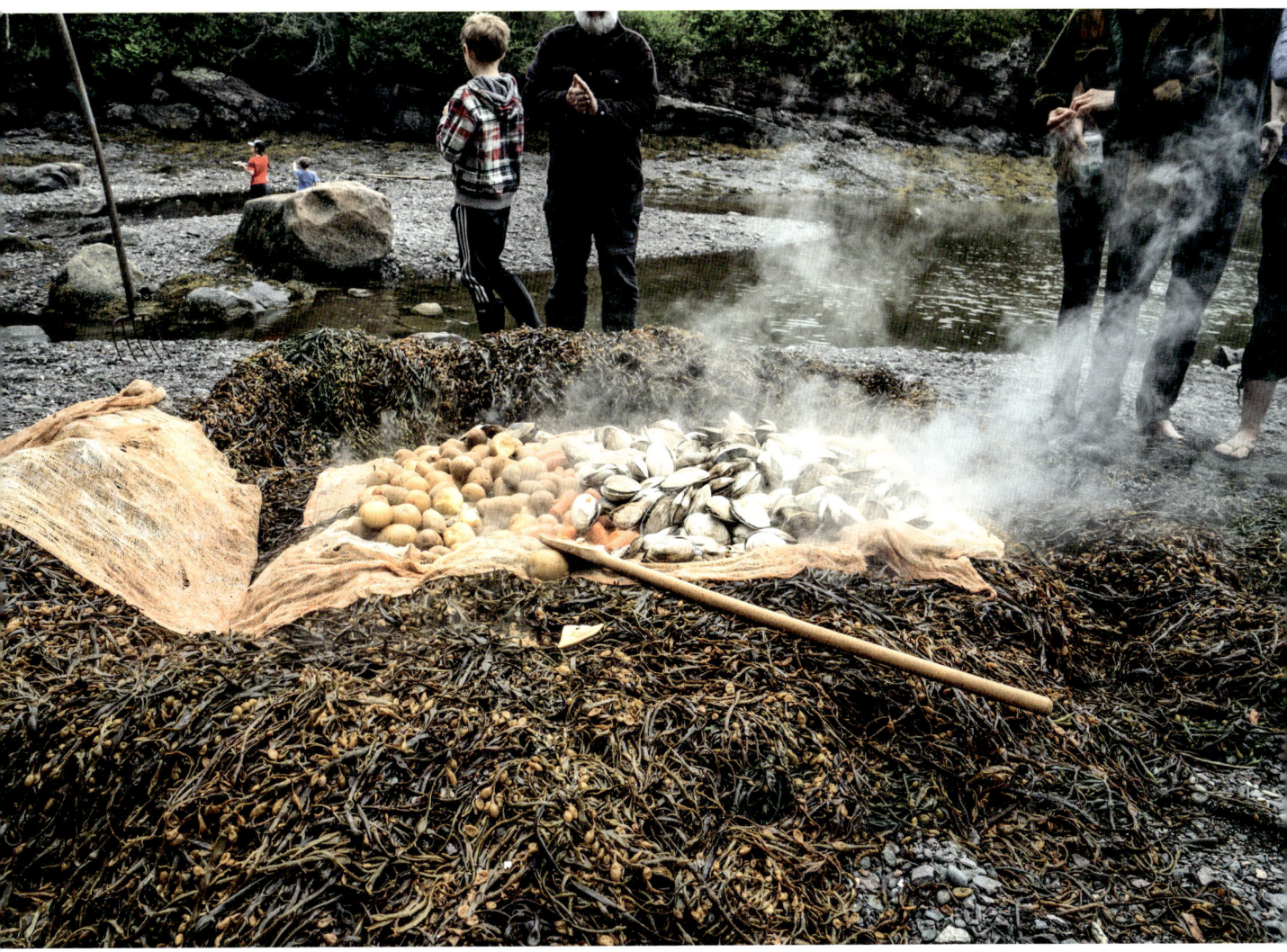

*Clam Bake*, 2018

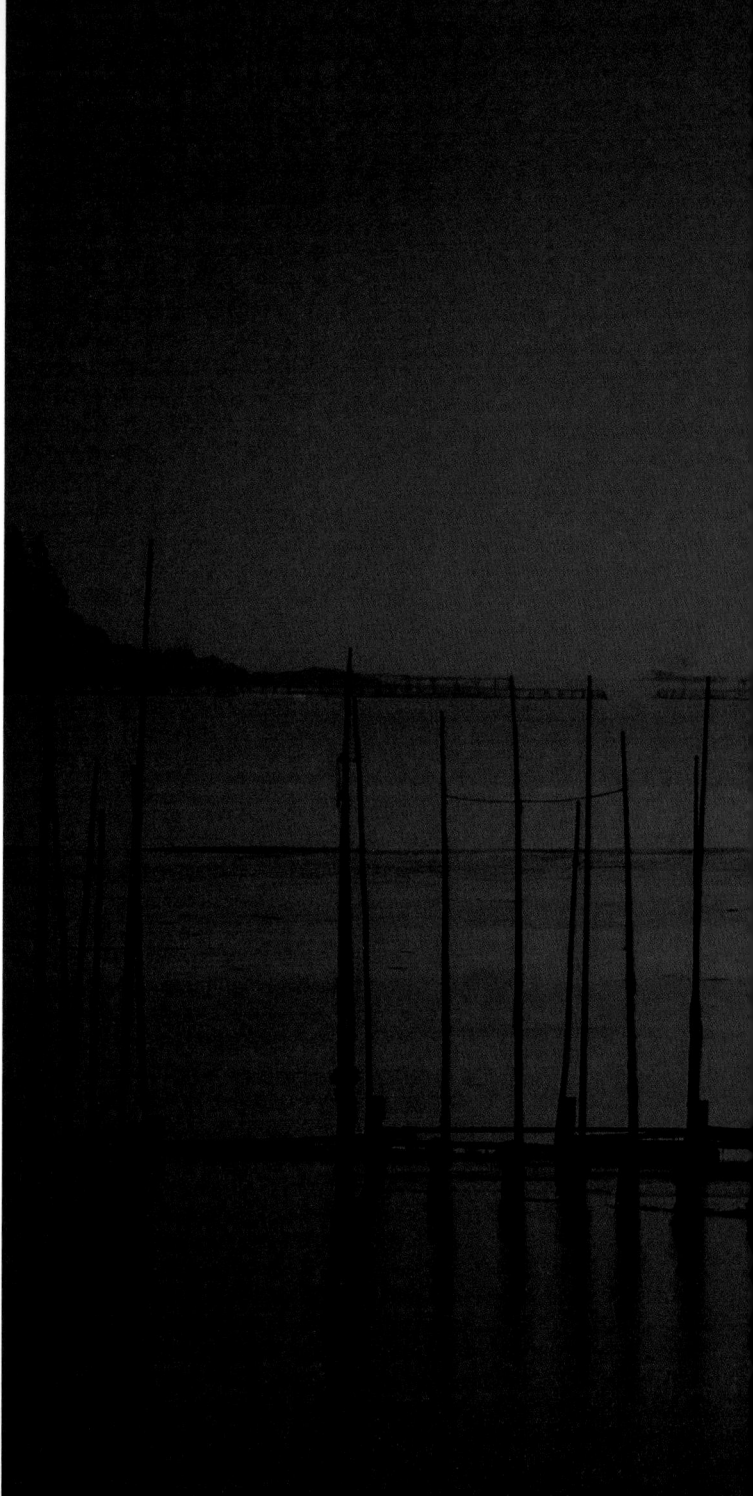

*Back Bay*, 2010

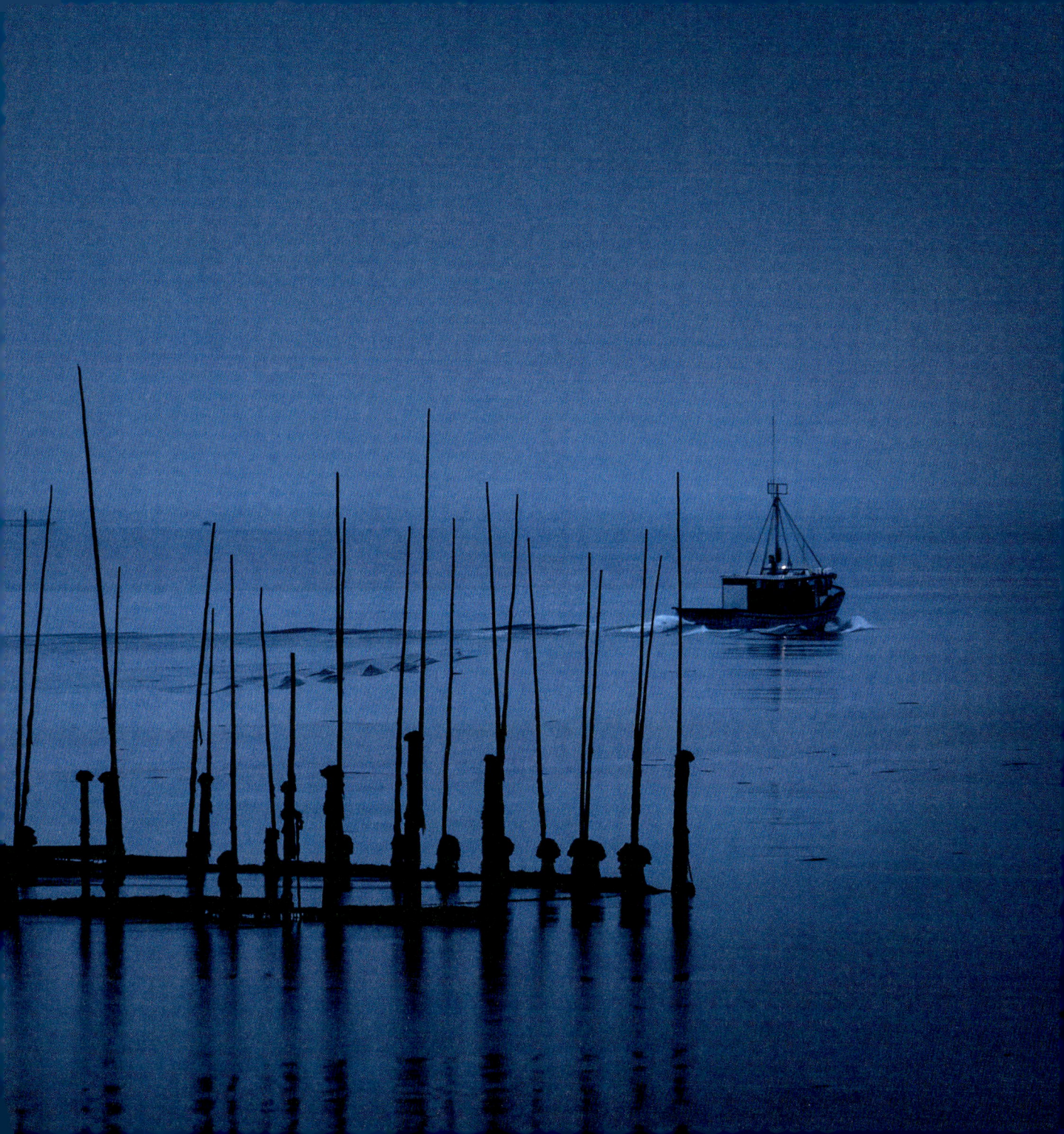

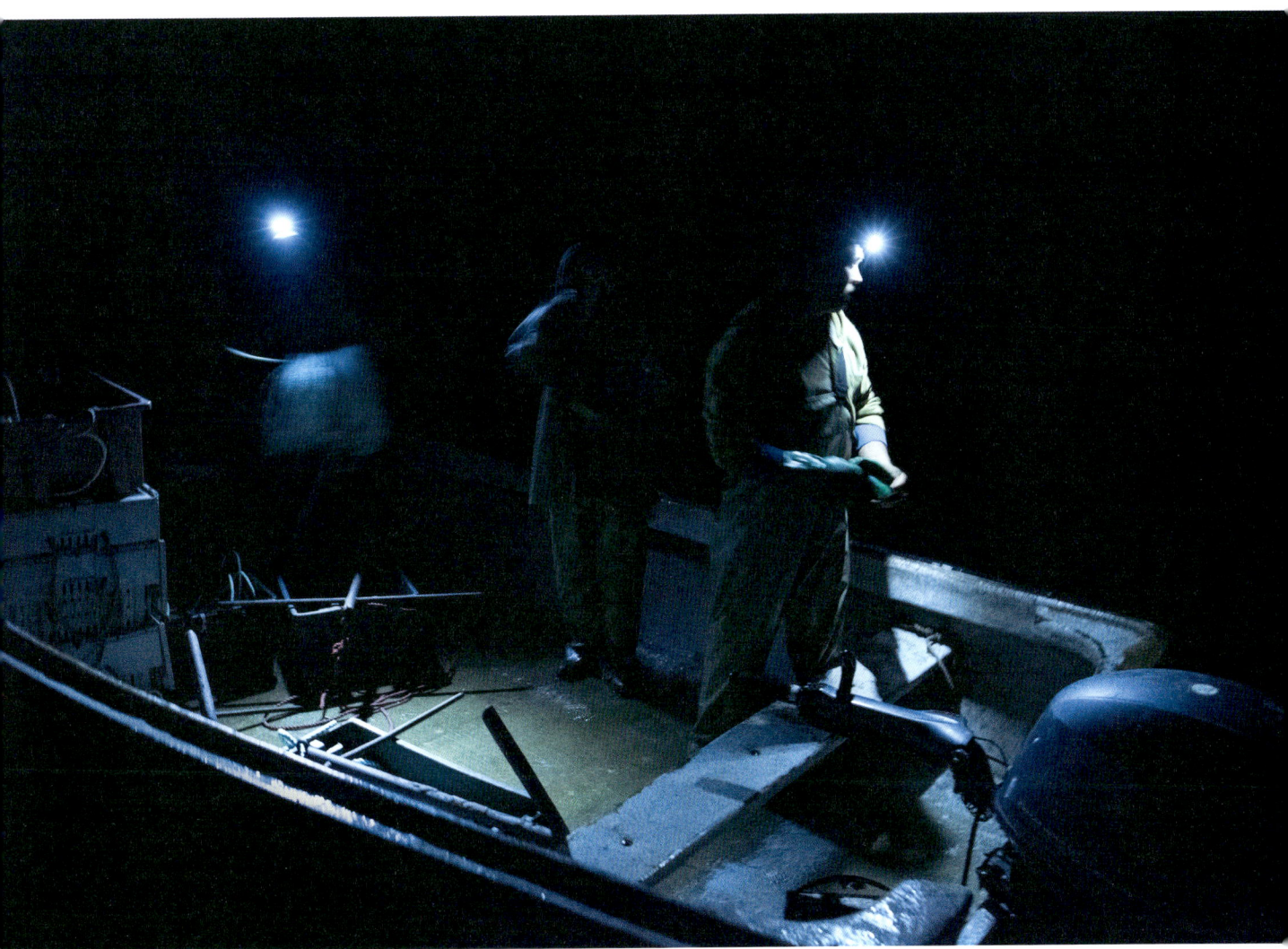

*Any Herring?*, 2016

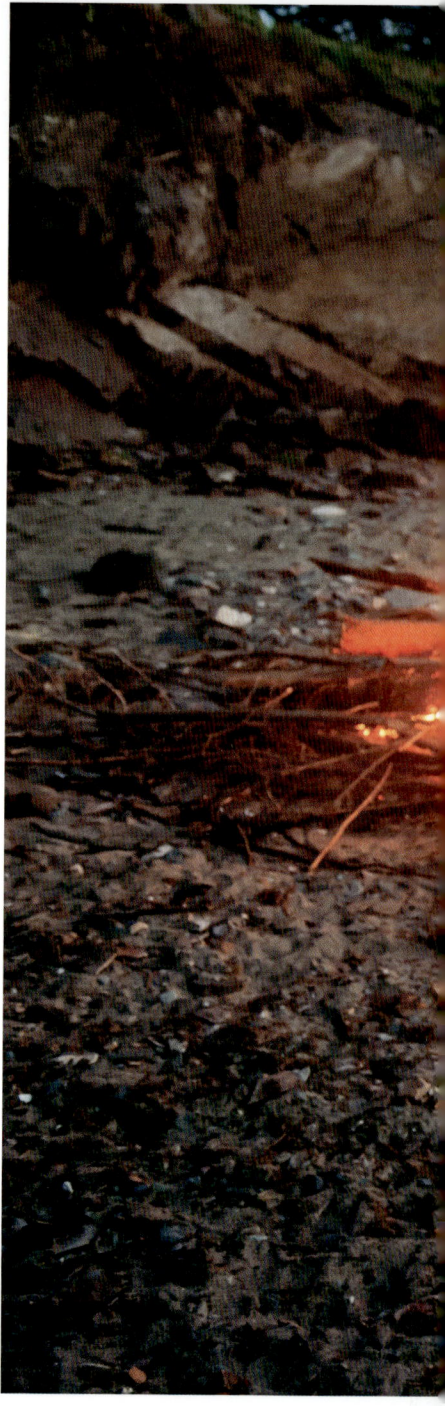

*Sisters*, 2014

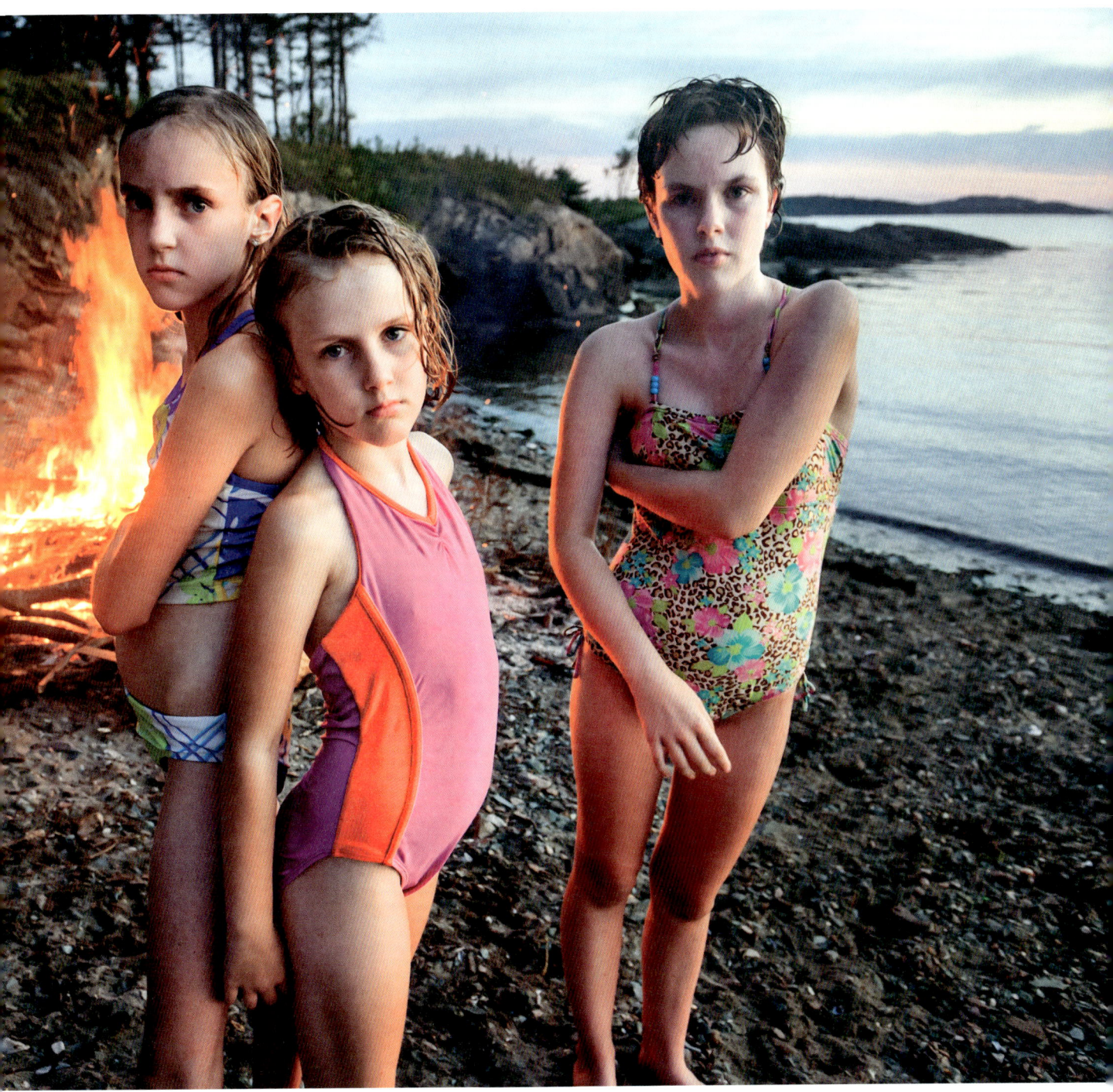

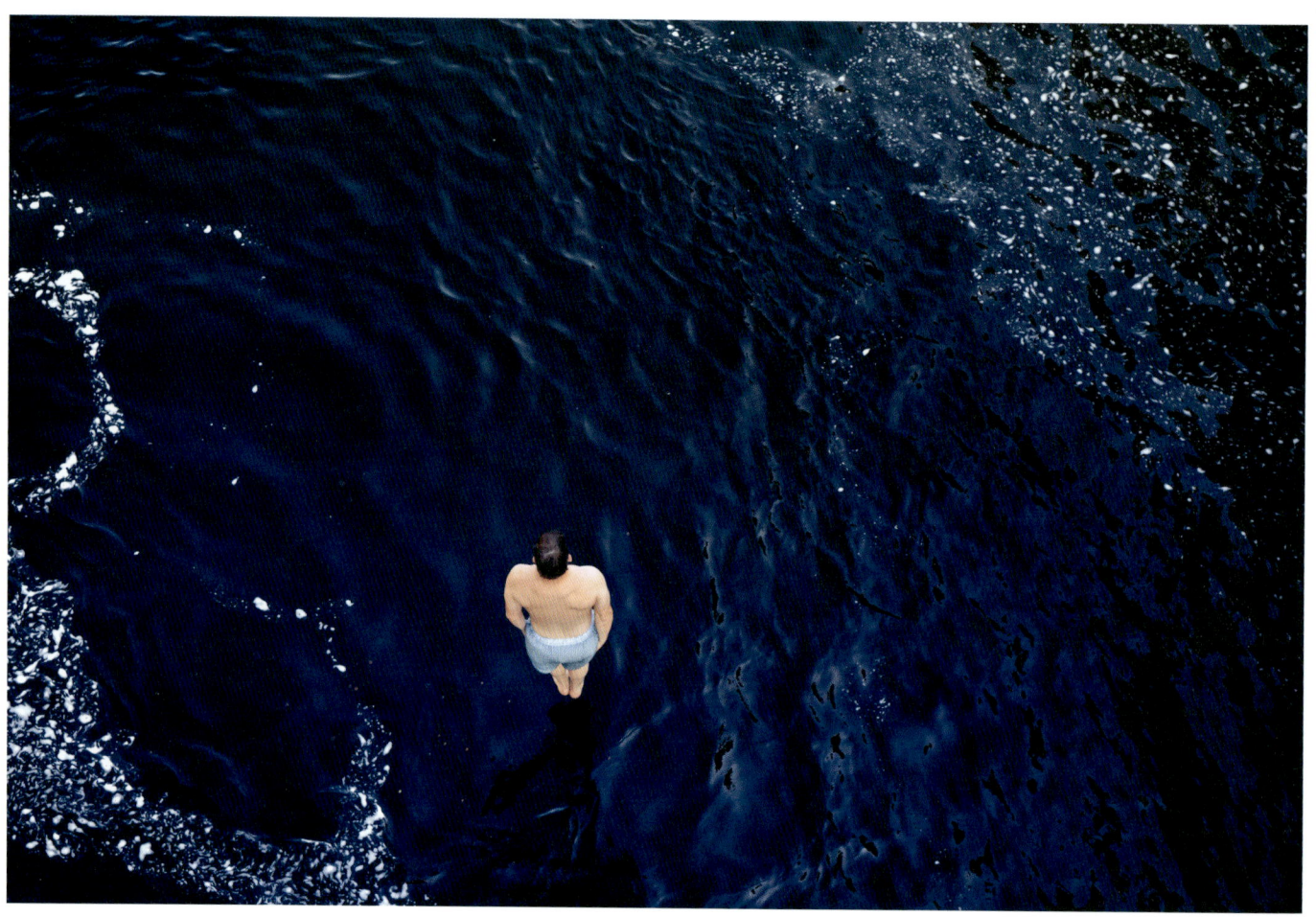

*Leap*, 2009

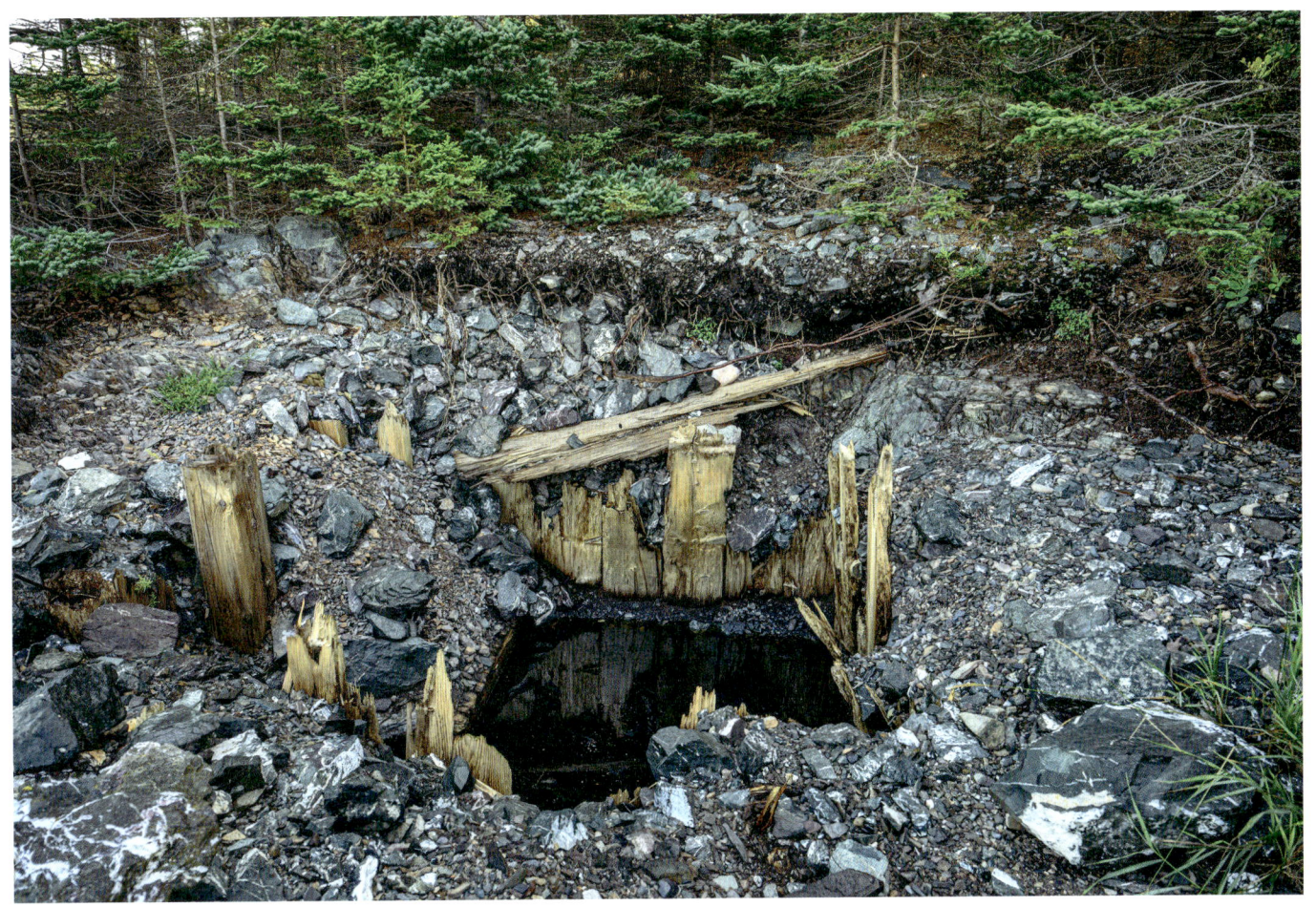

*Copper Mine*, 2023

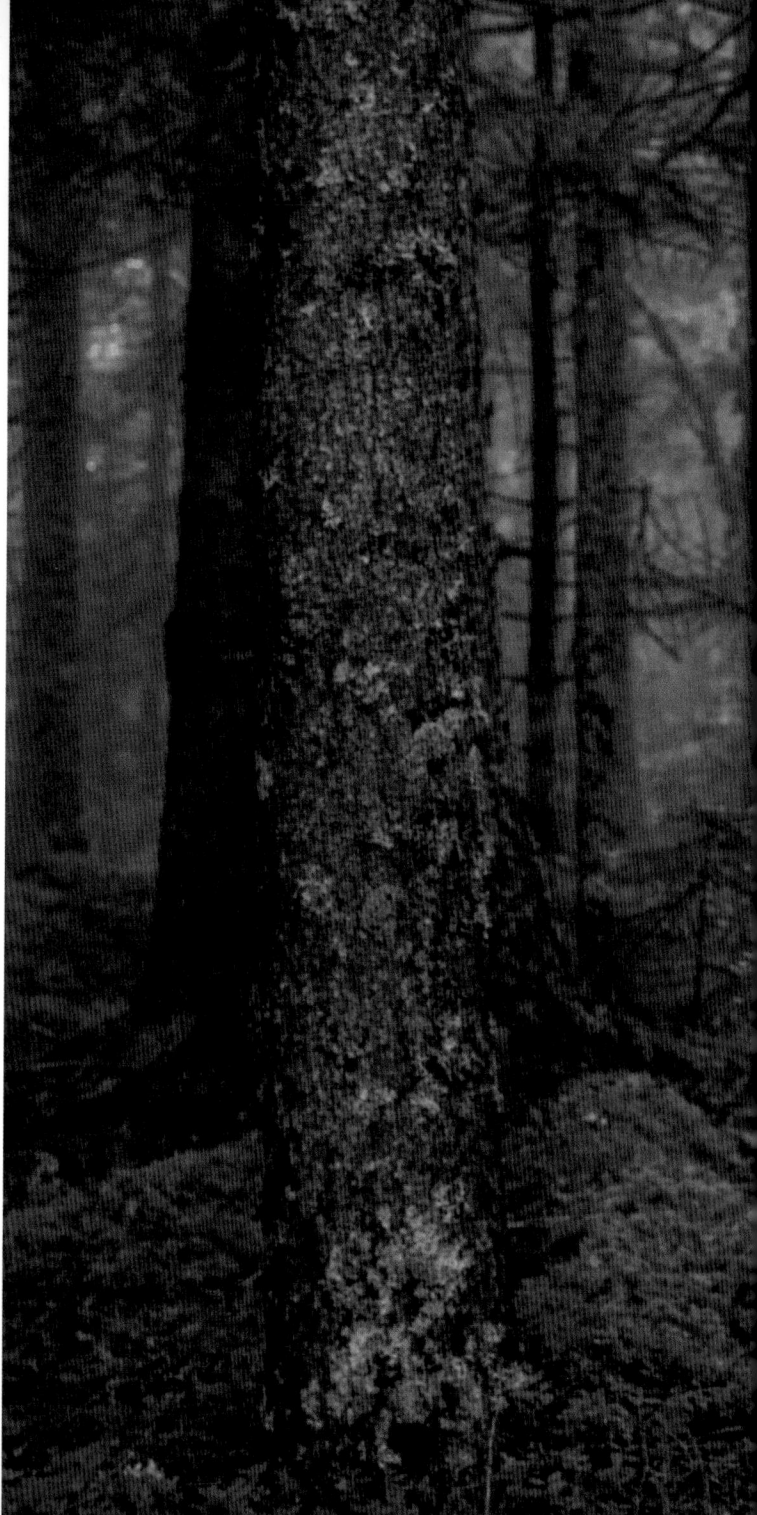

*No Hunting*, 2023

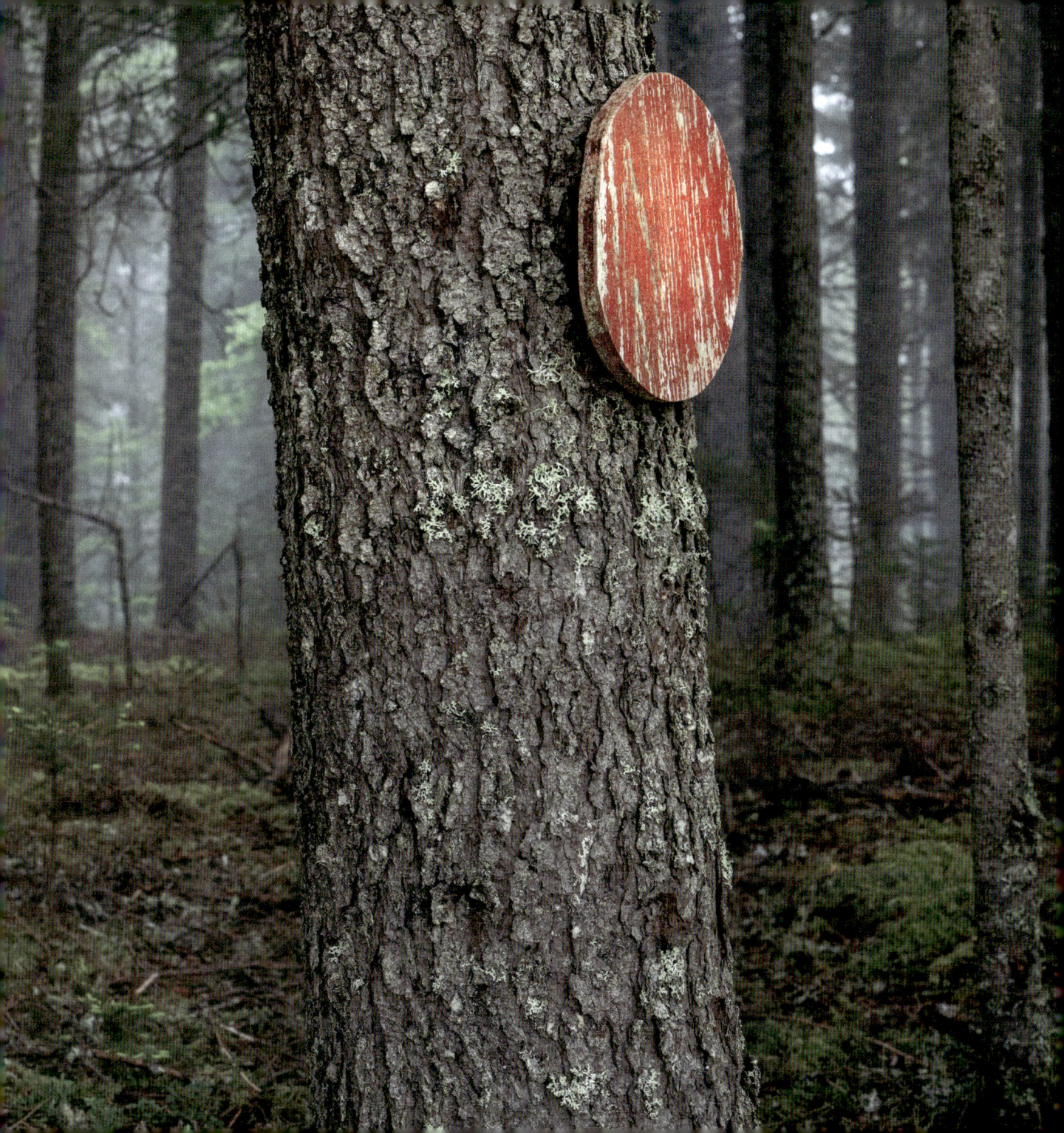

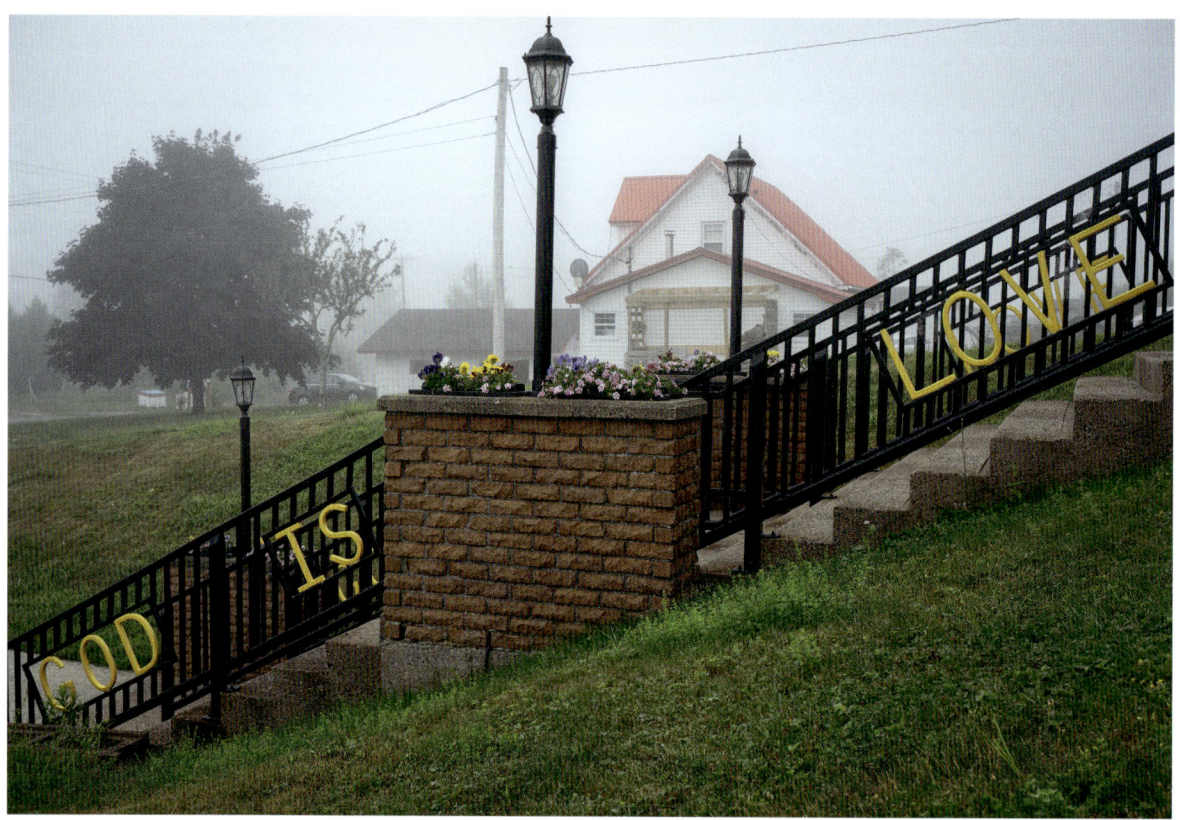

*God Is Love*, 2022

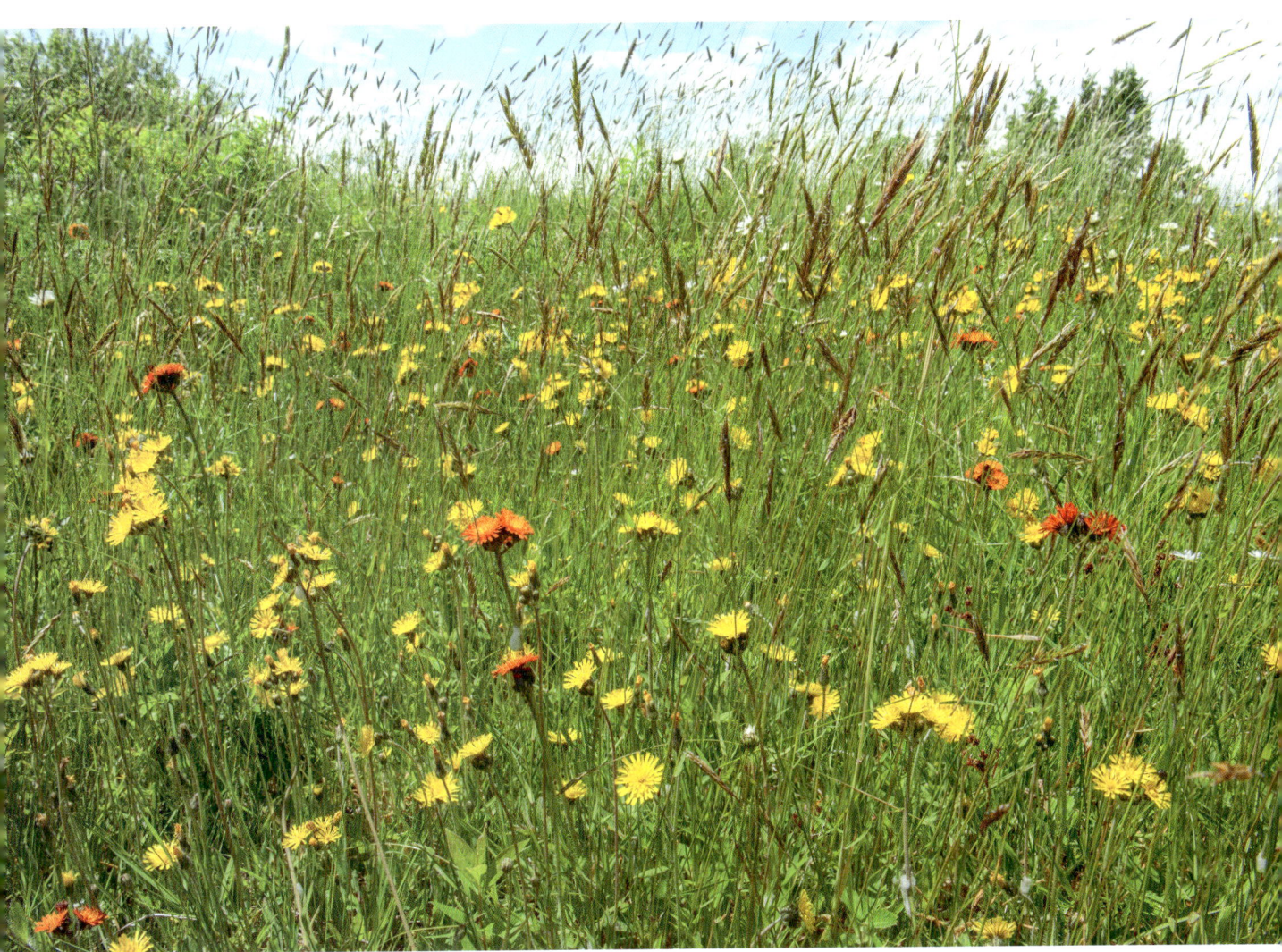

*Summer Field*, 2014

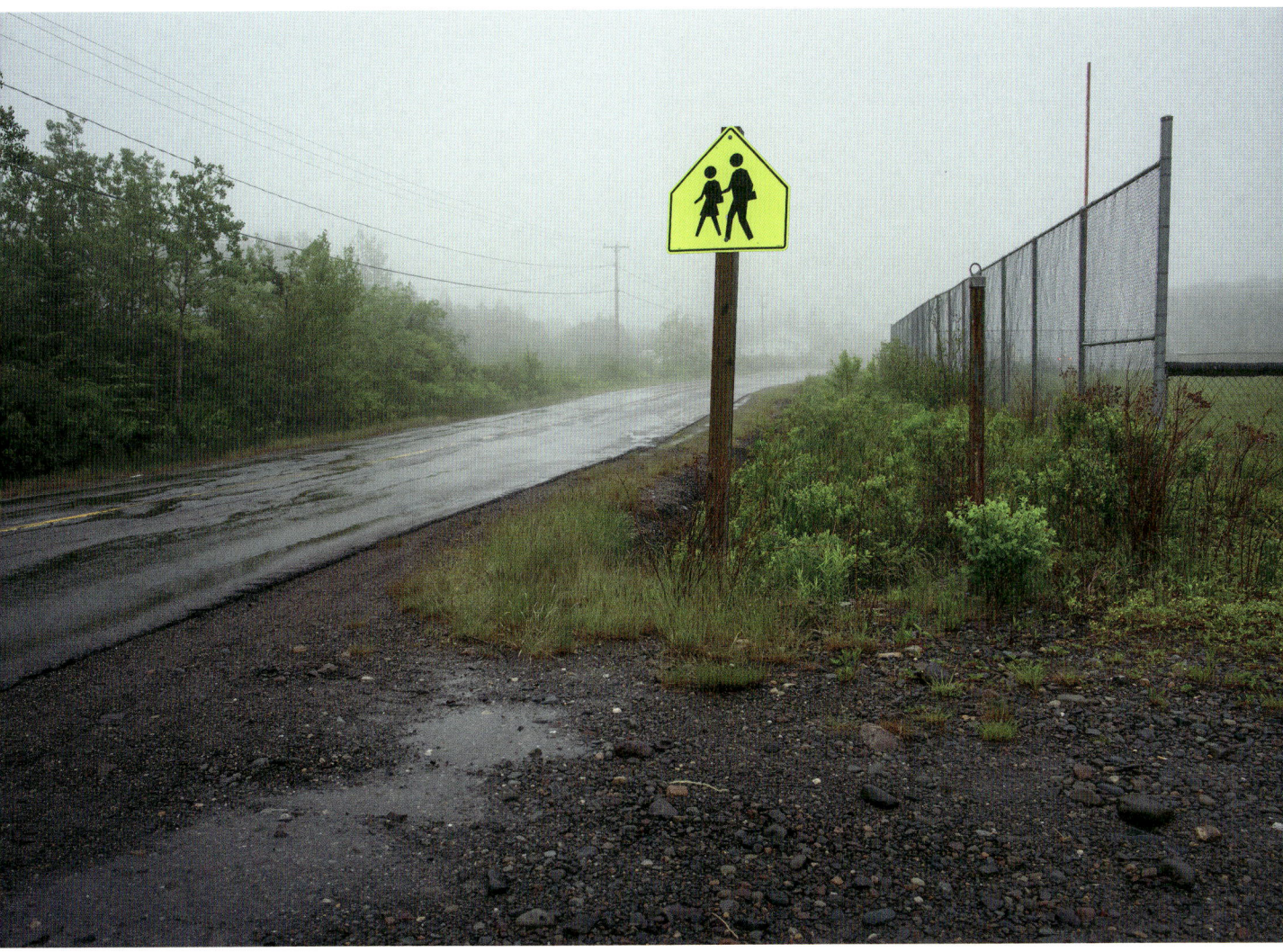

*School Crossing*, 2015

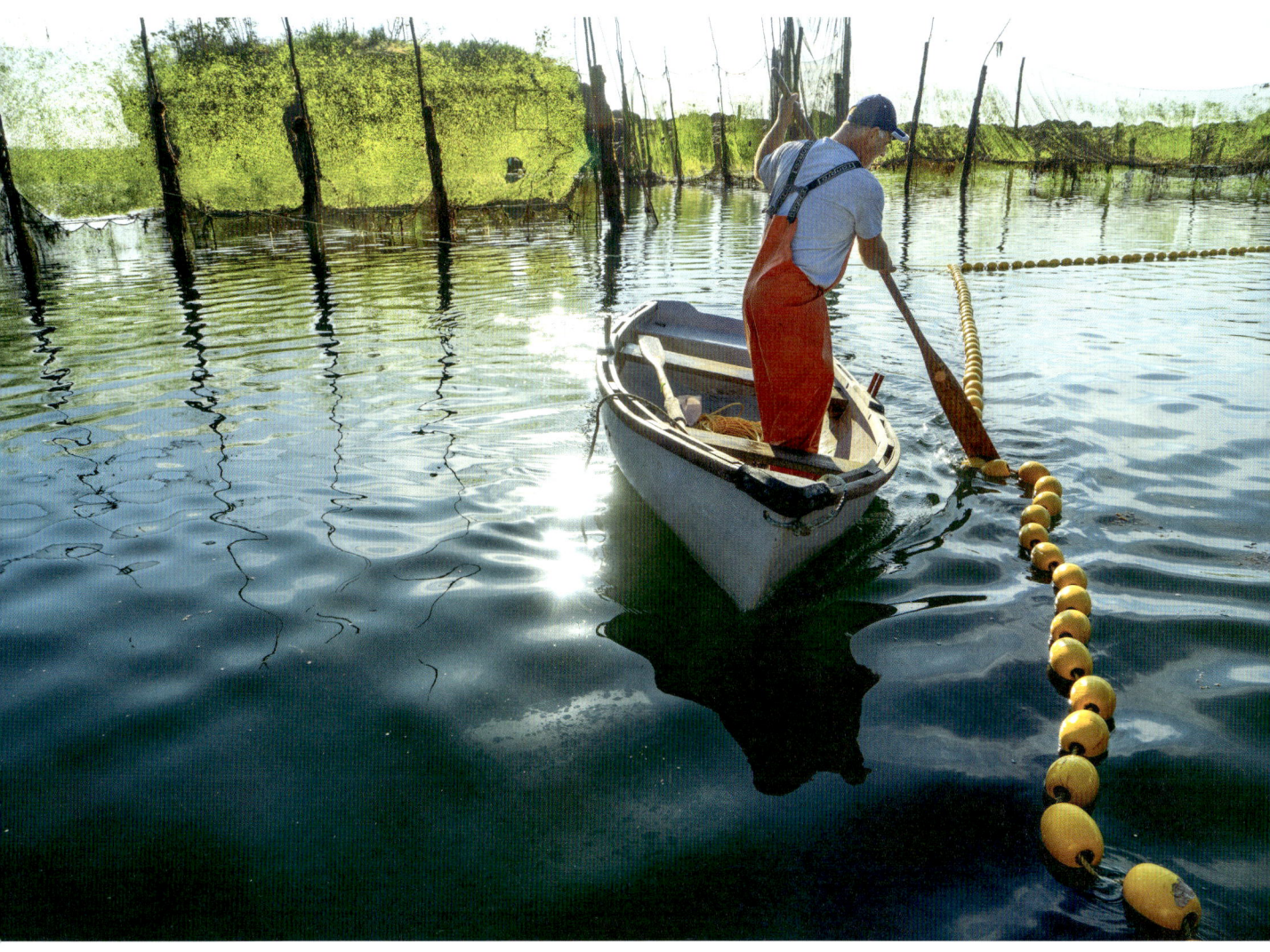

*Working the Weir*, 2019

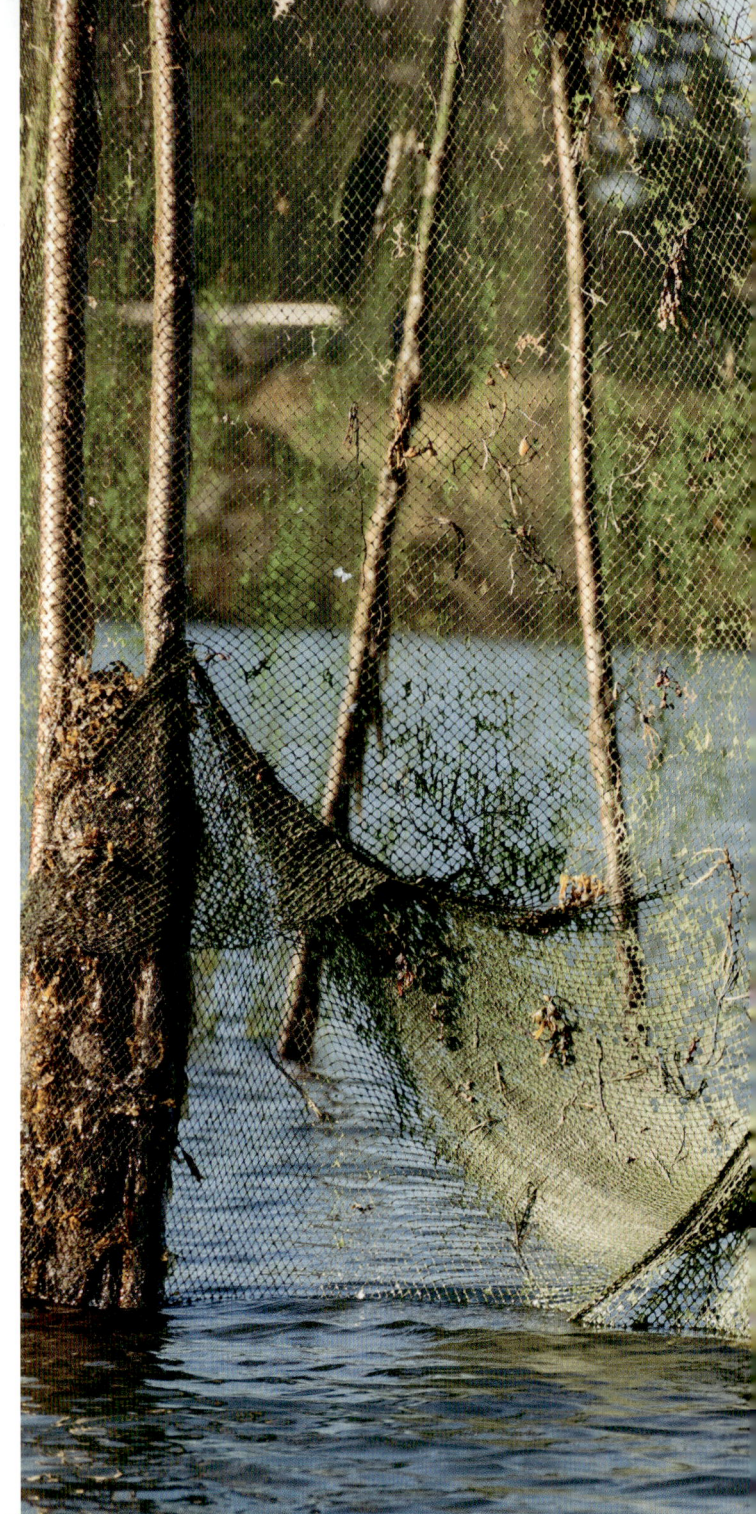

*Mending the Nets*, 2011

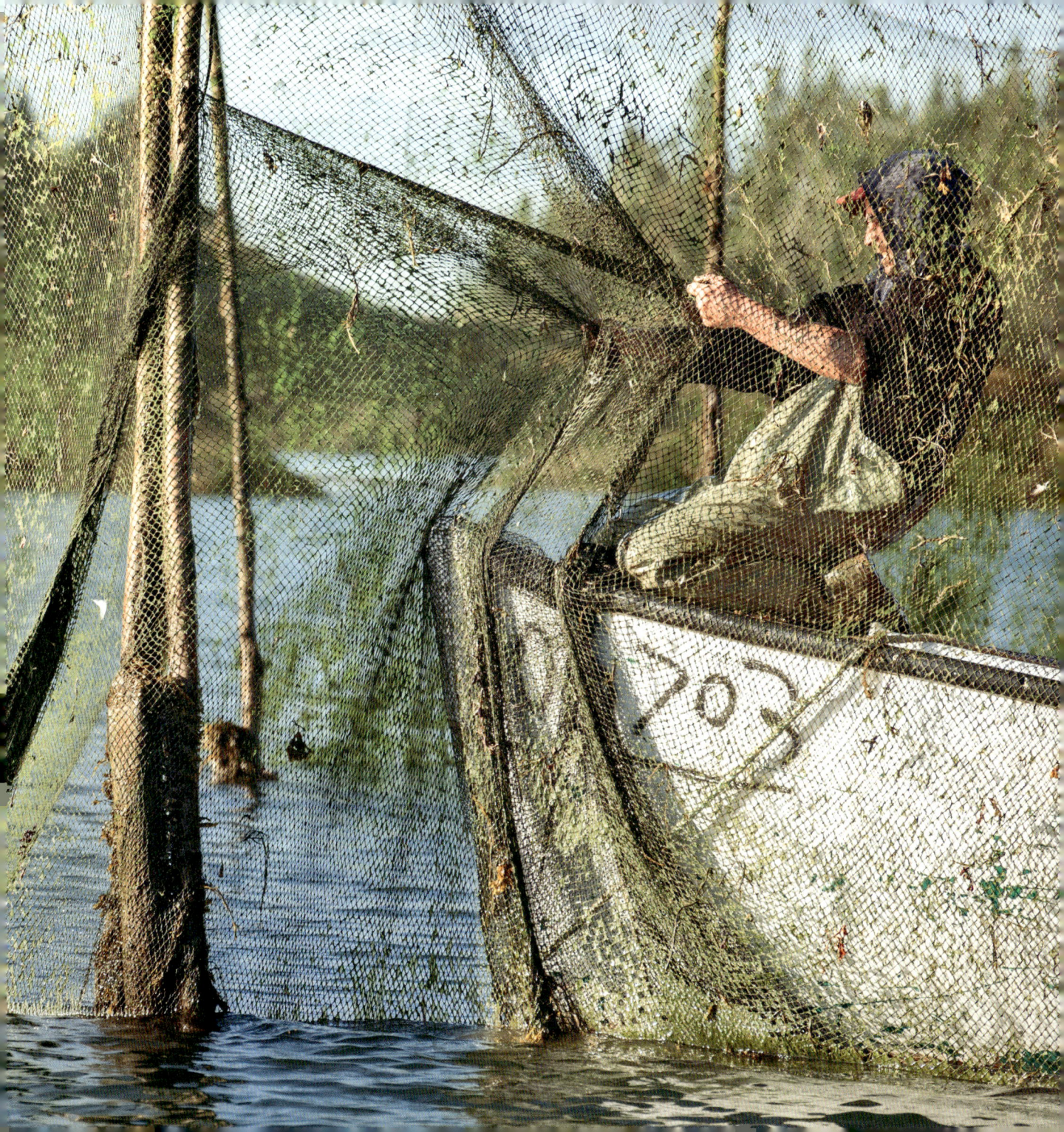

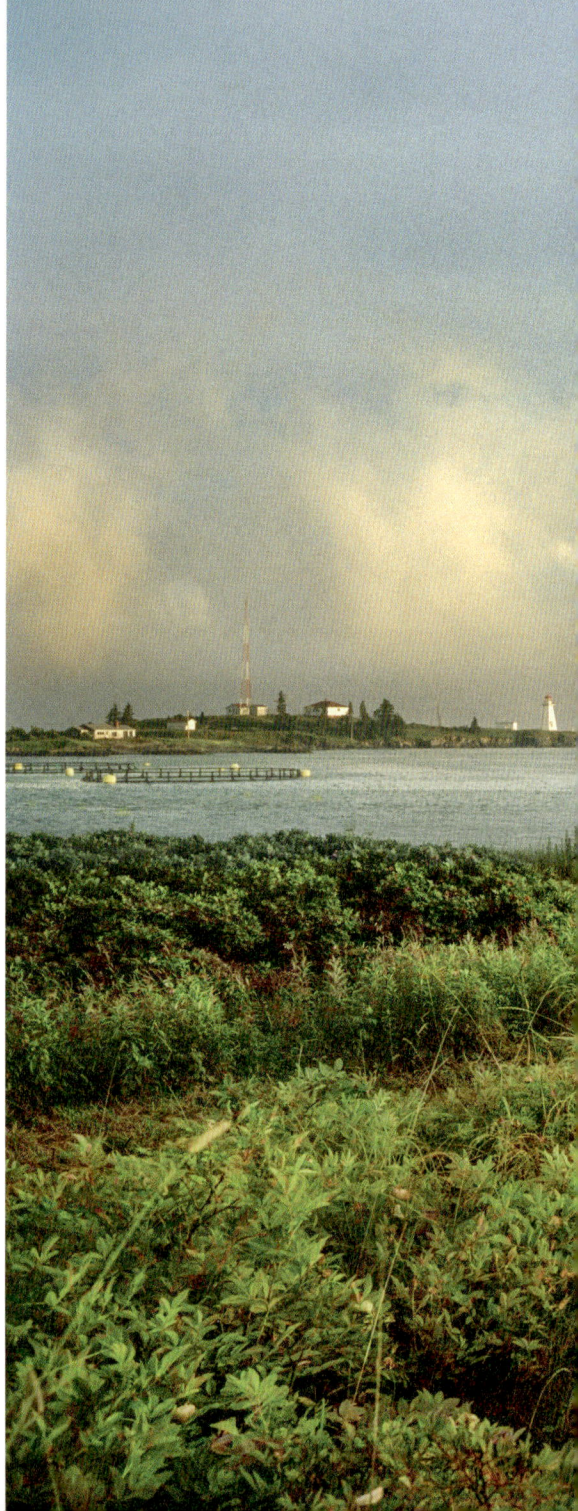

*Evening Walk*, 2006

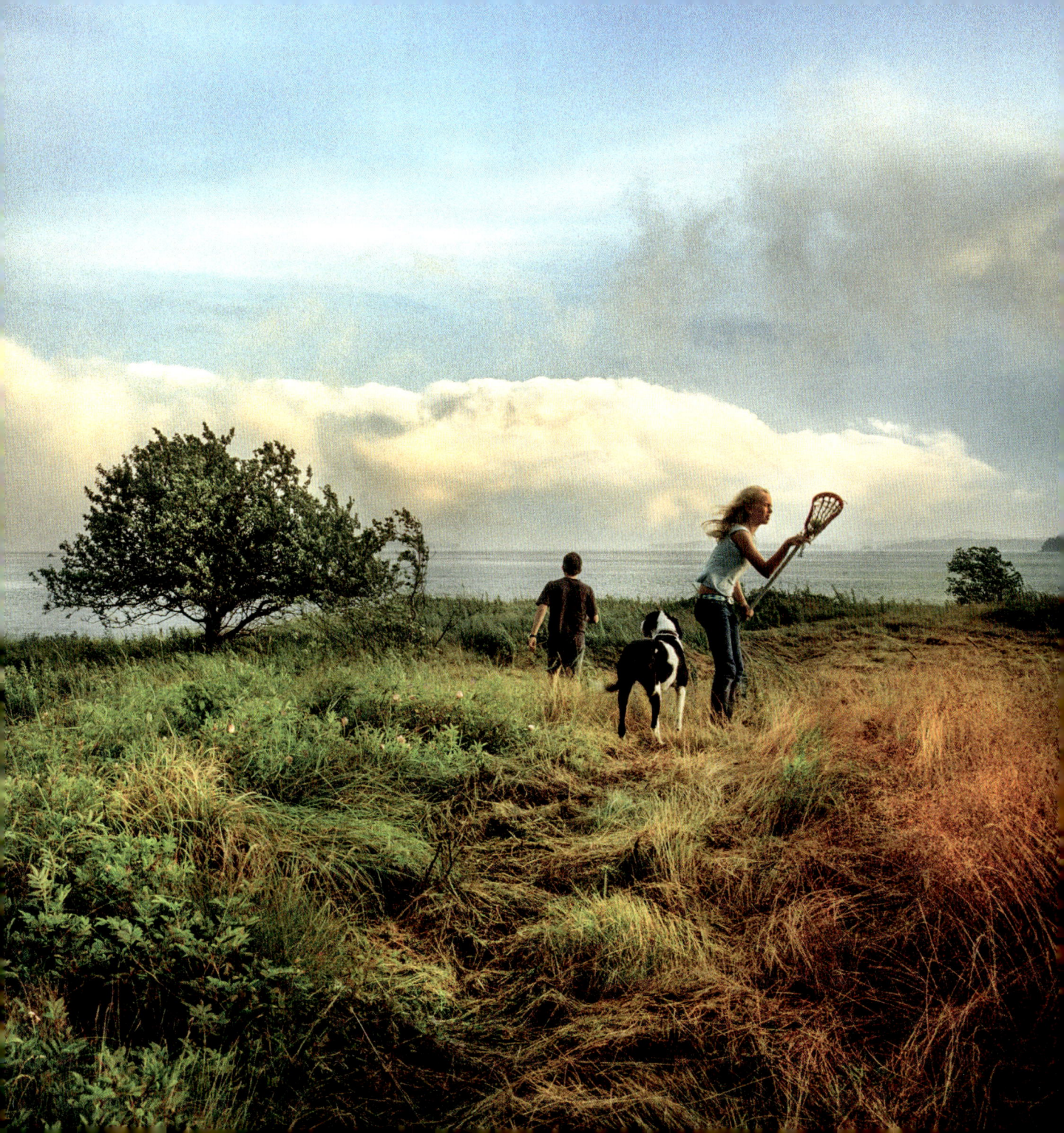

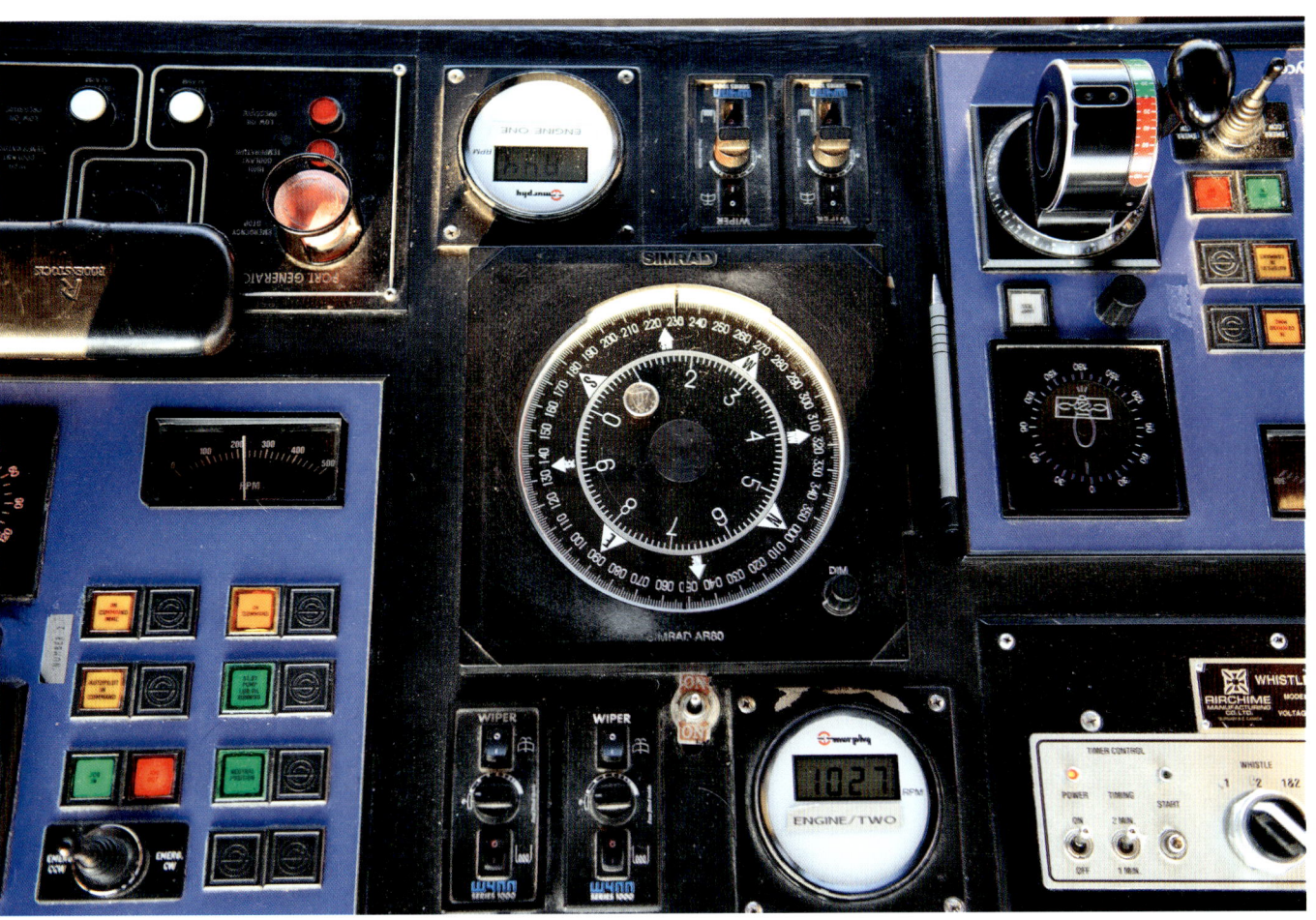

*At the Helm*, 2009

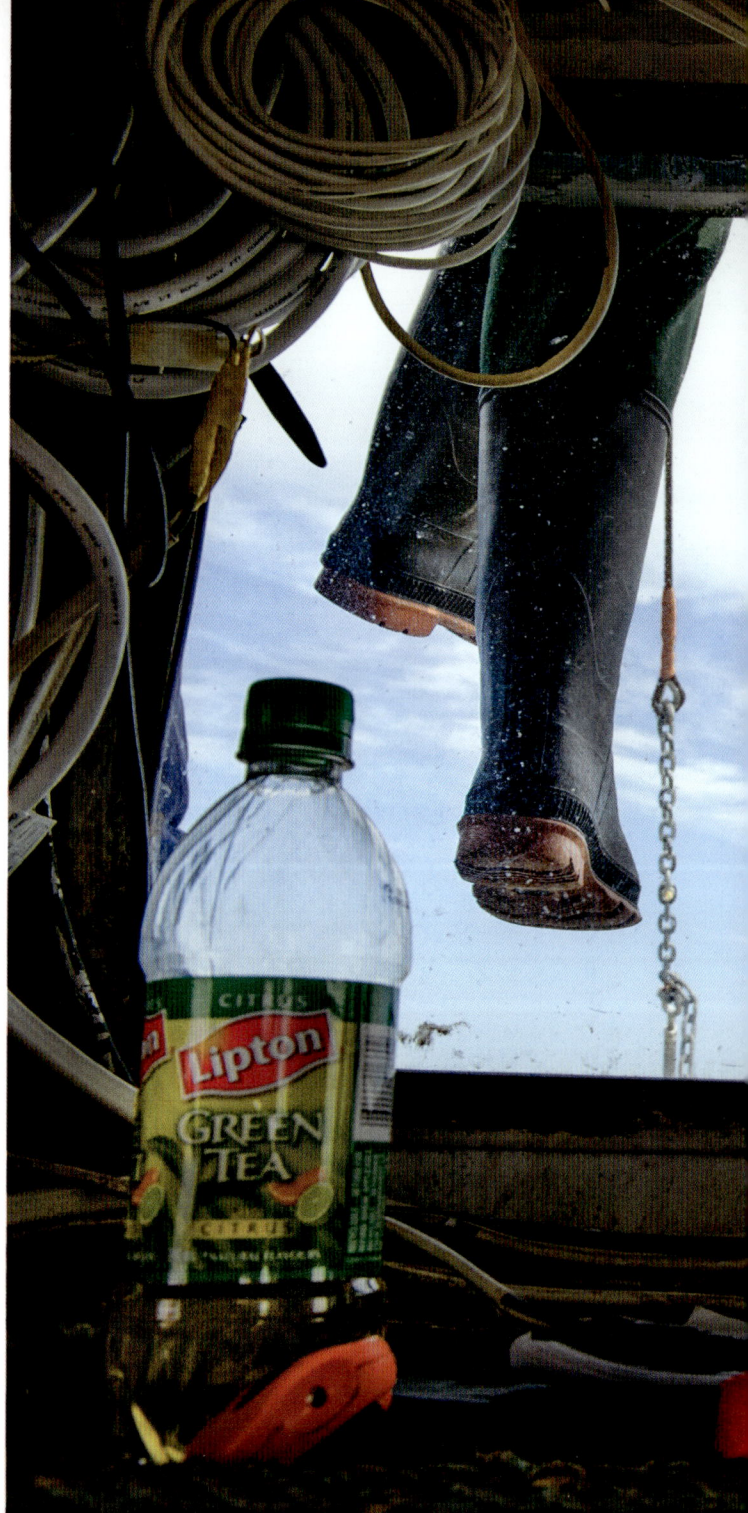

*Daddy's Fishing Boat,* 2009

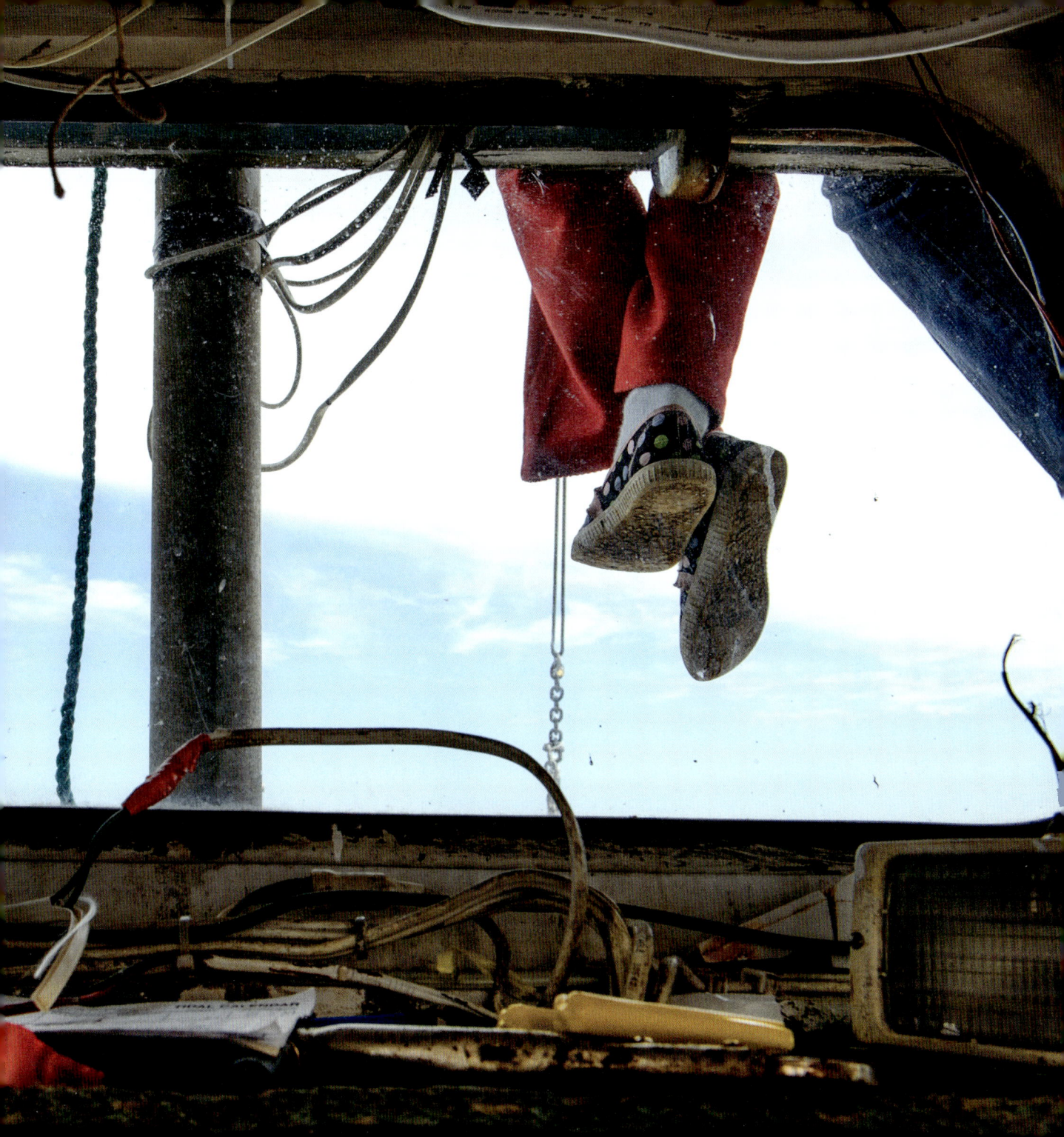

*Heading Out*, 2008

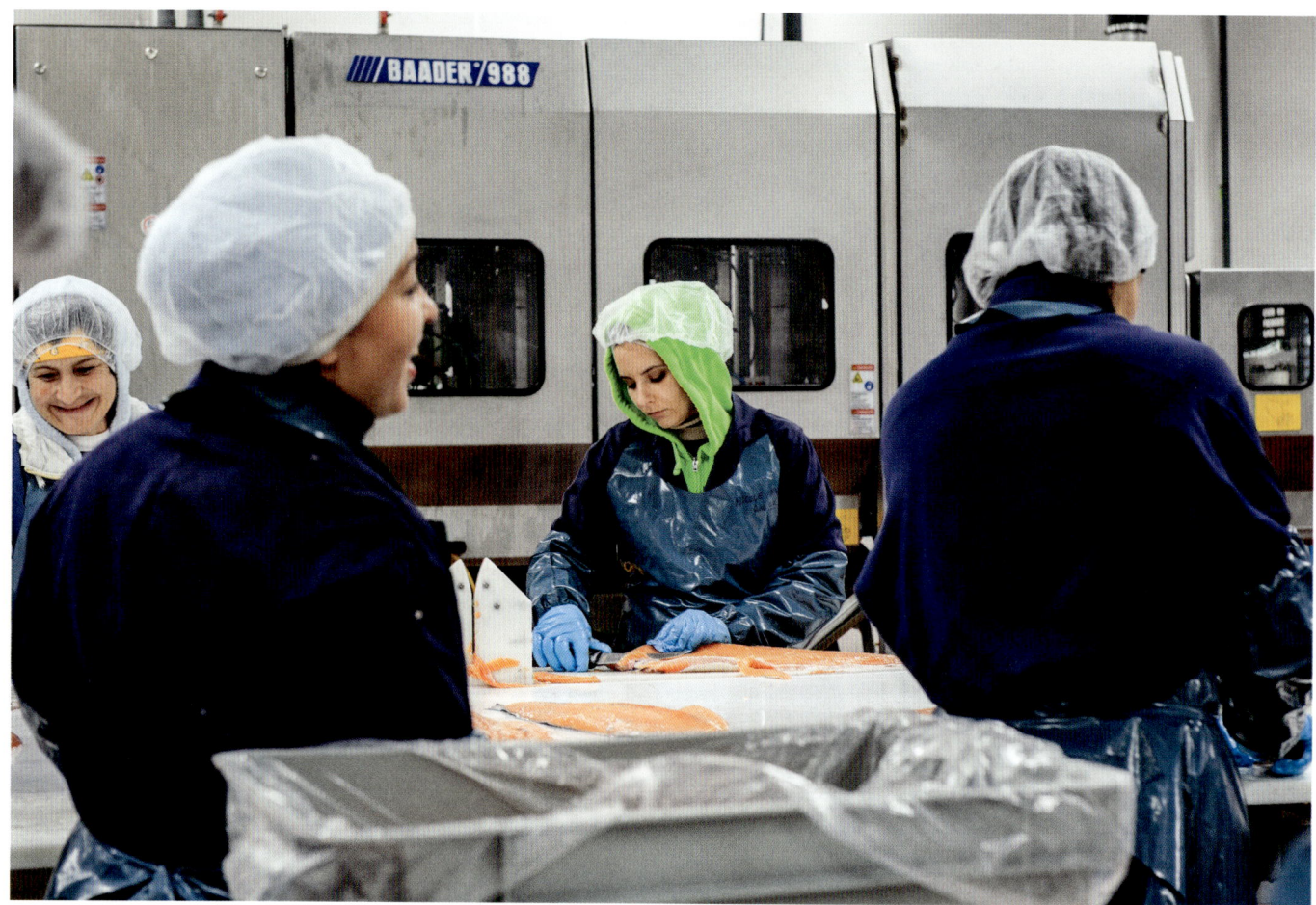

*Salmon Factory*, 2013

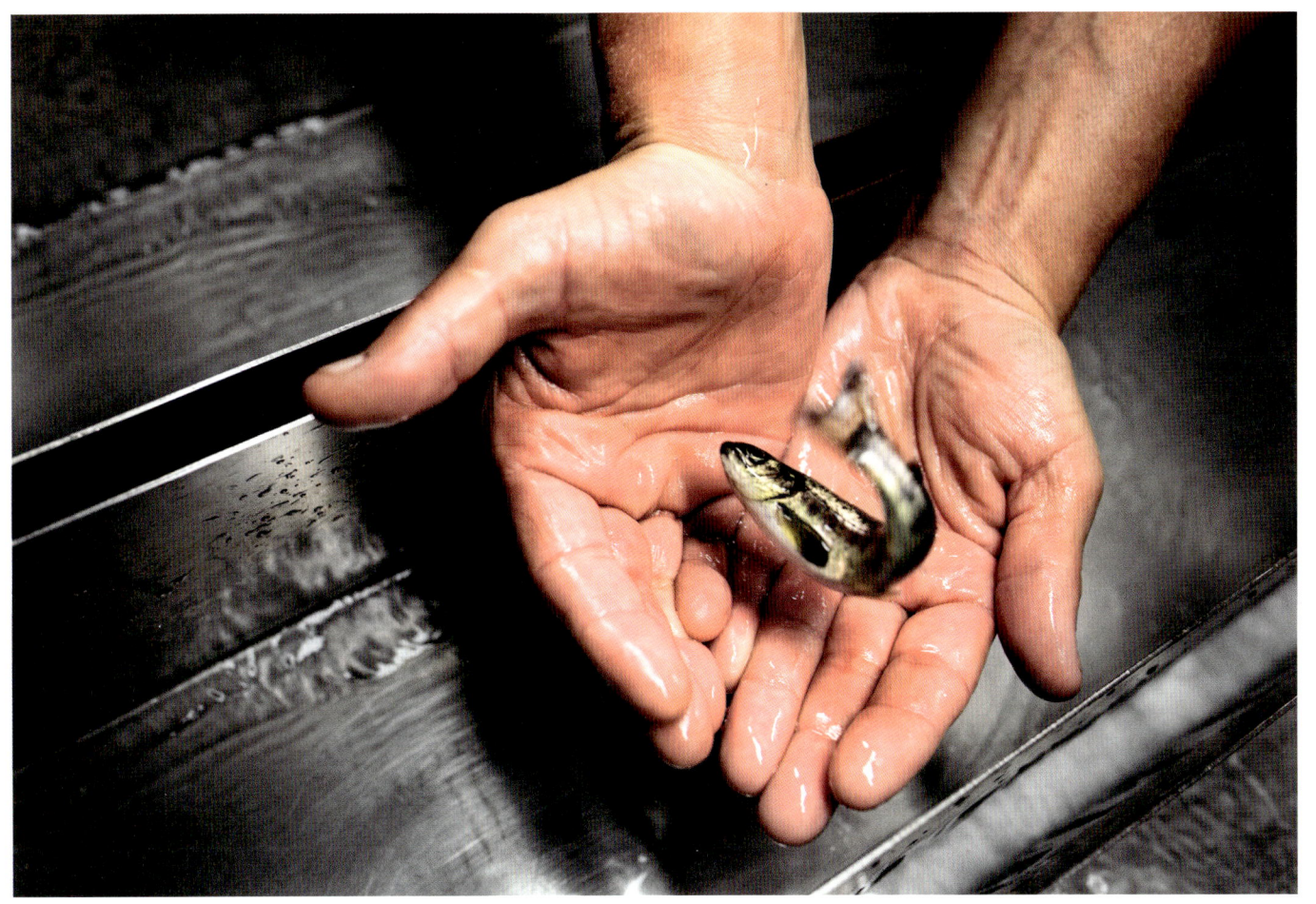

*Jumping Salmon*, 2015

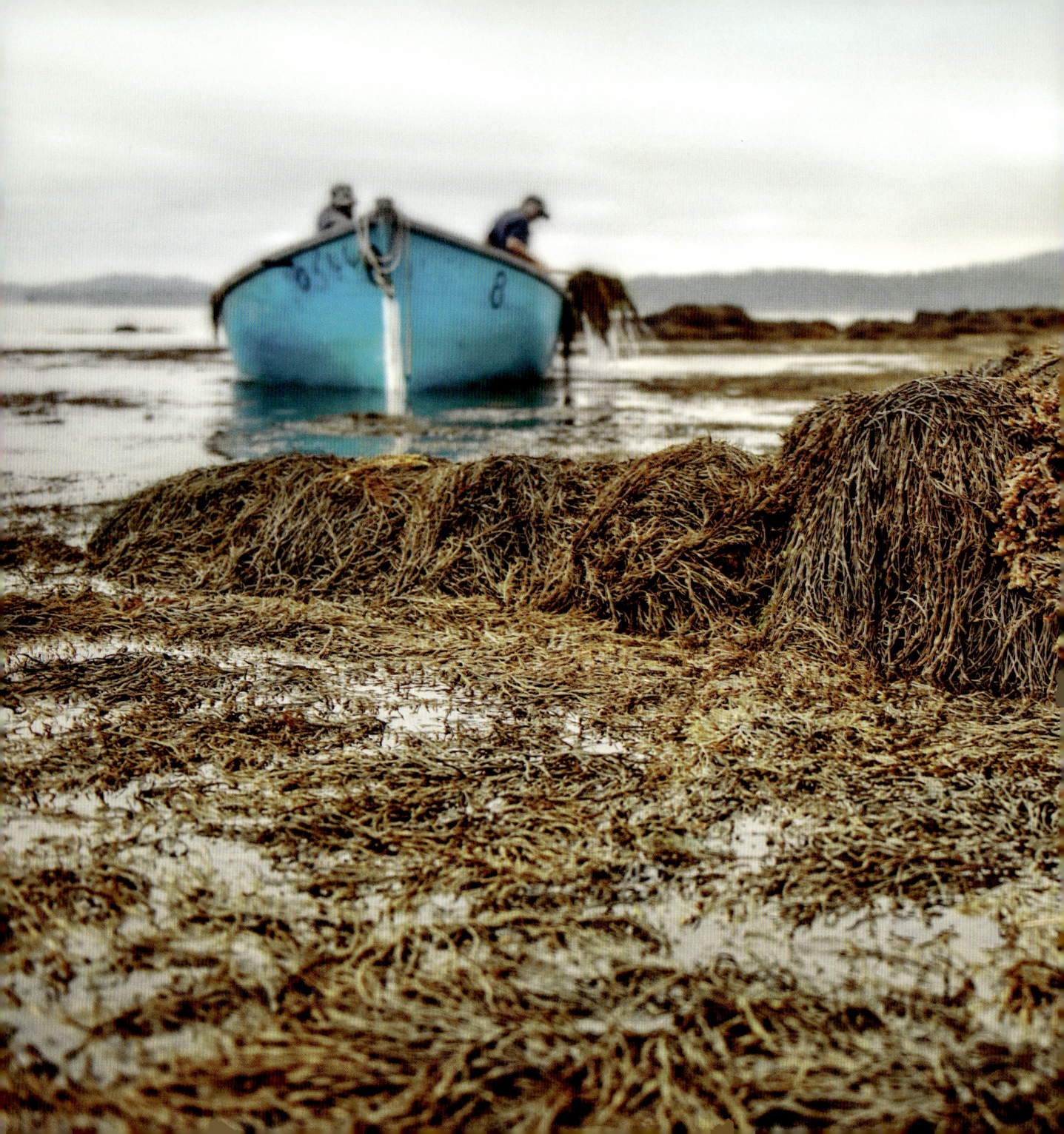

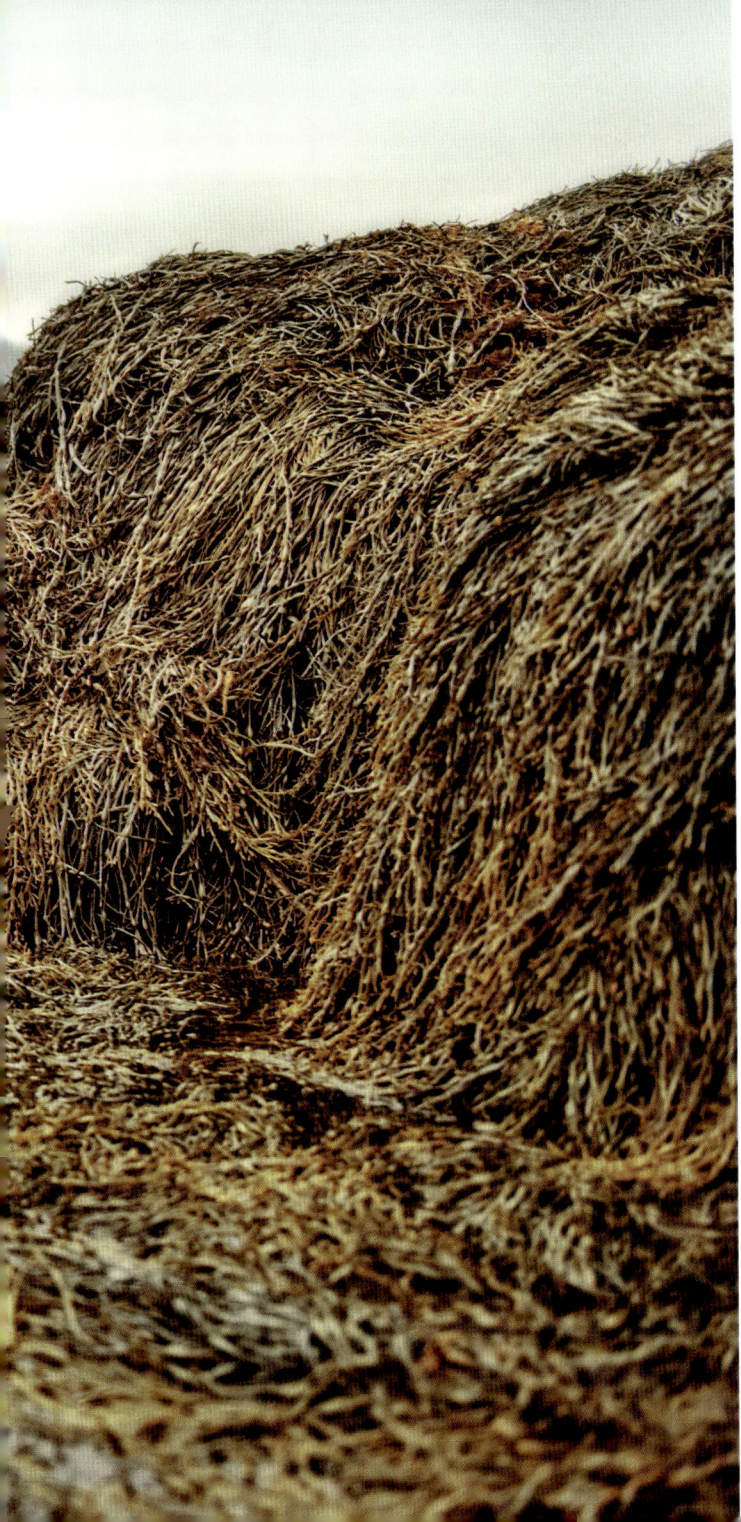

*Rockweeders*, 2009

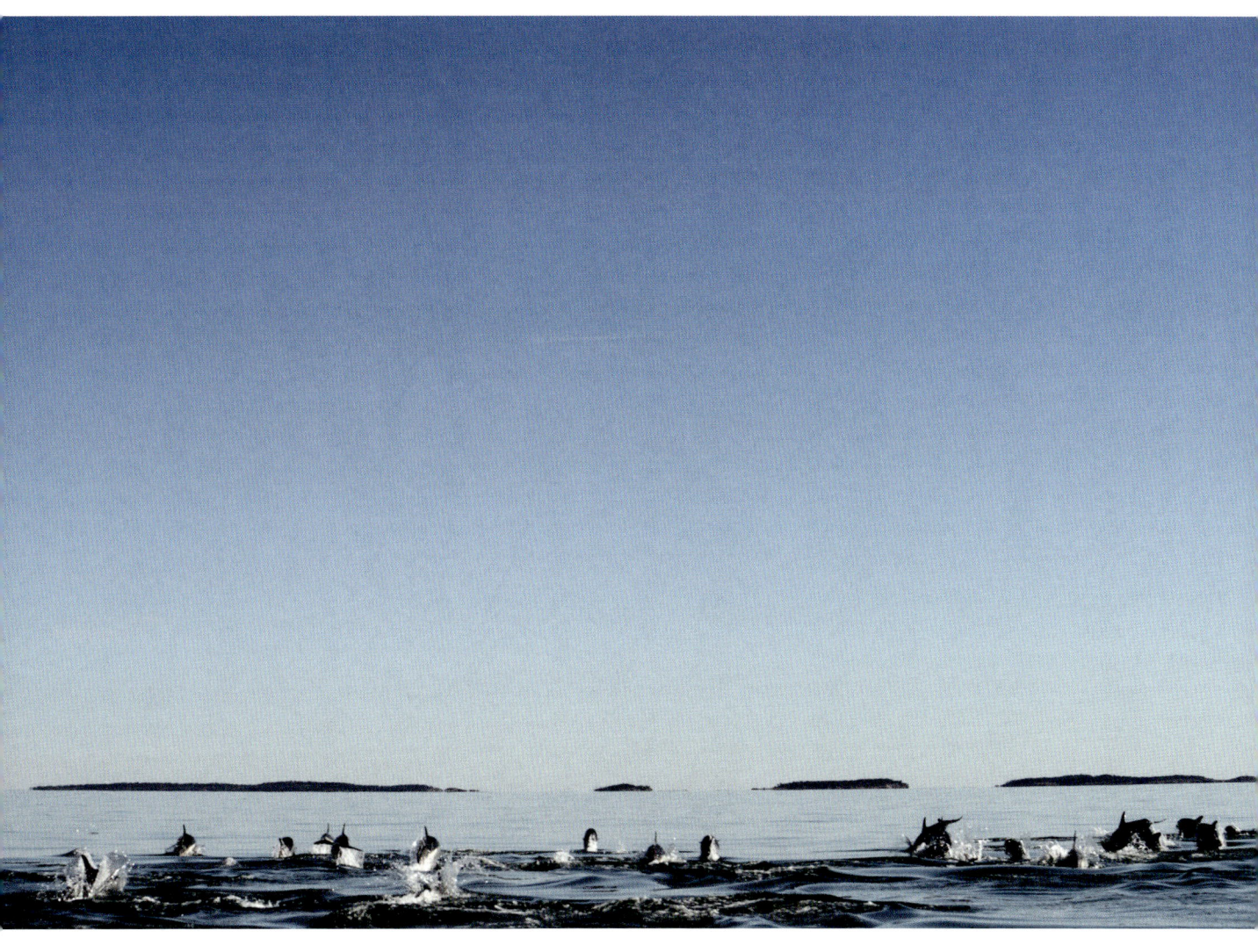

*Dolphins and the Wolves*, 2016

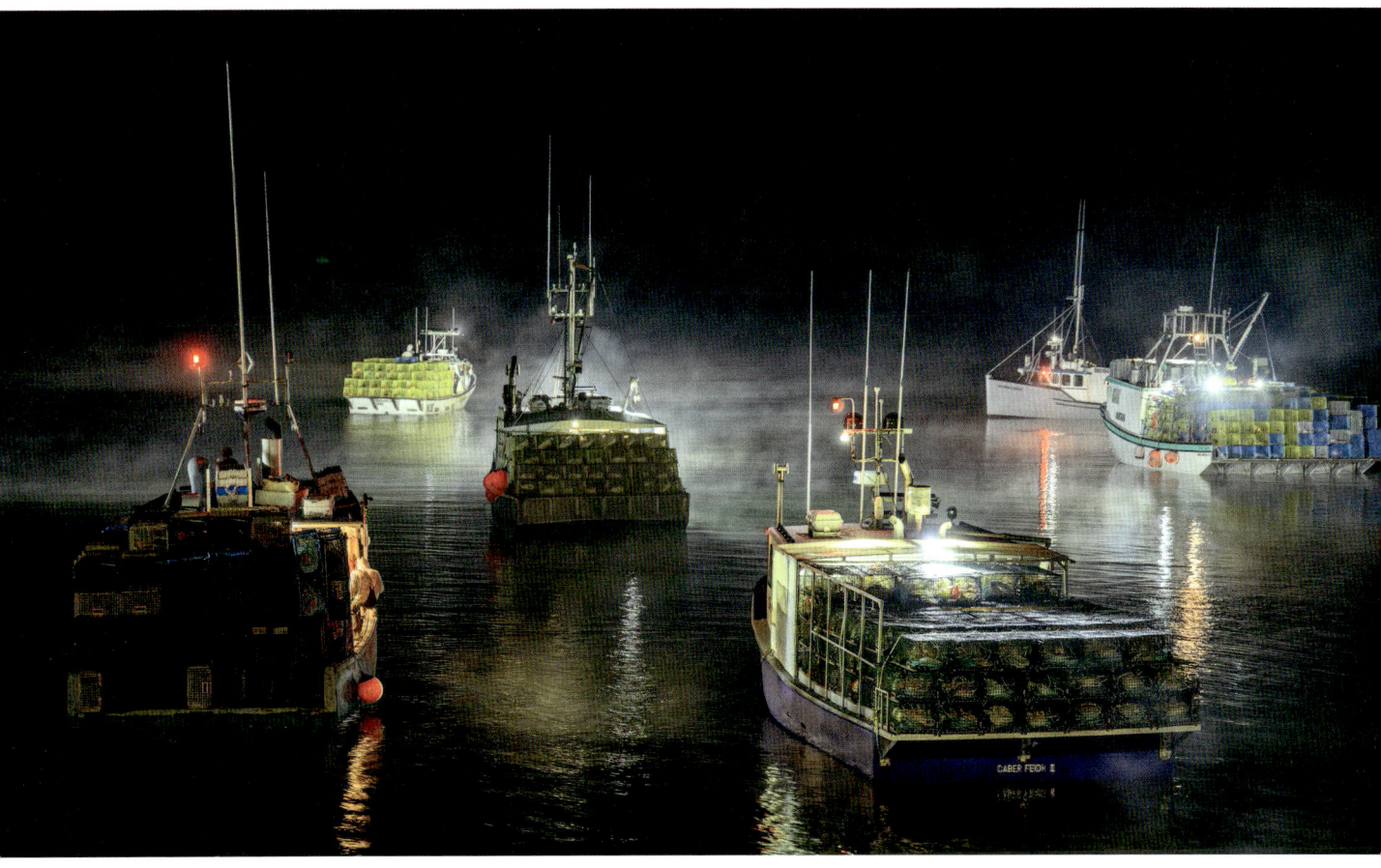

*Setting Day*, 2021

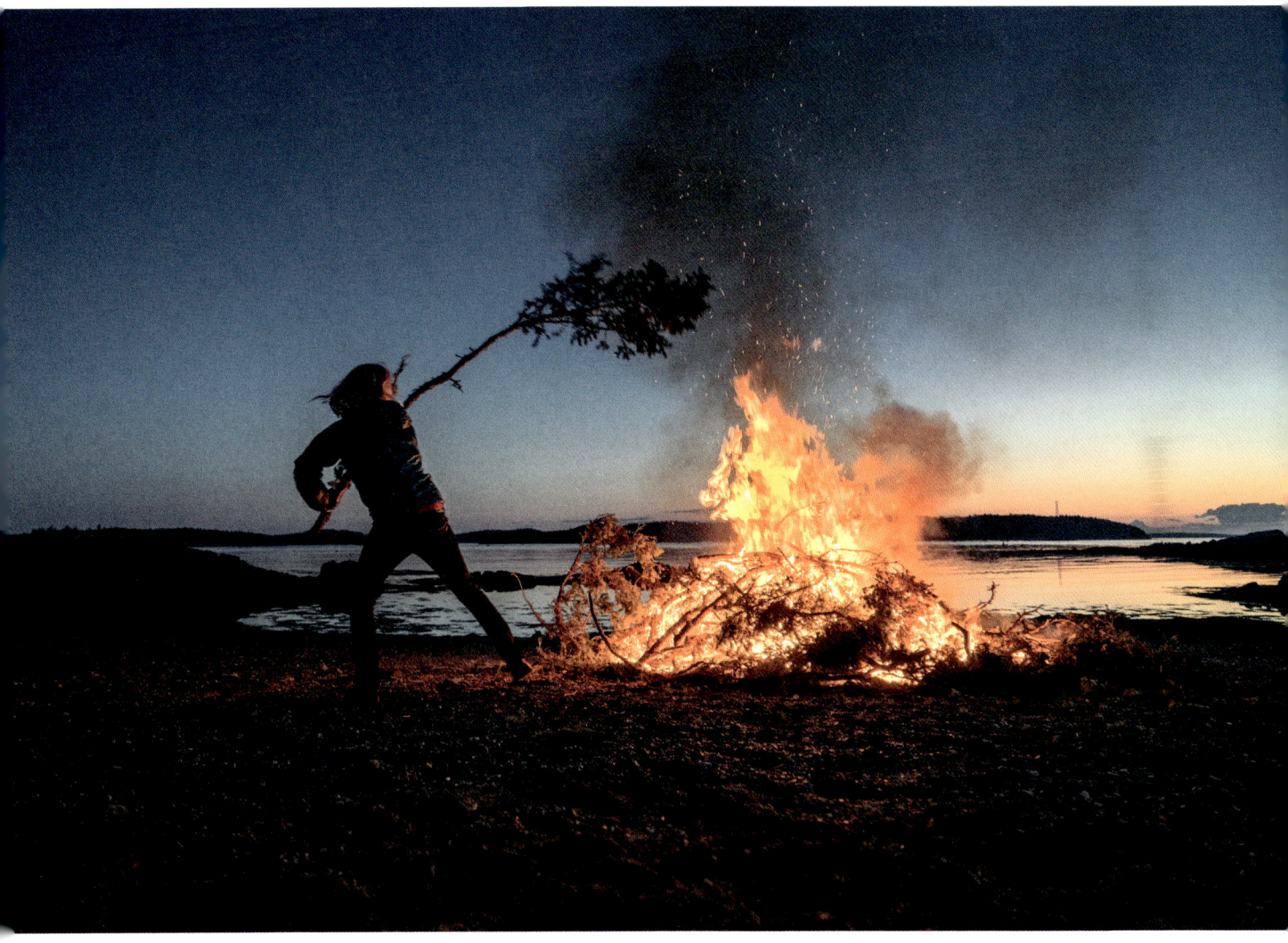

*Bonfire*, 2017

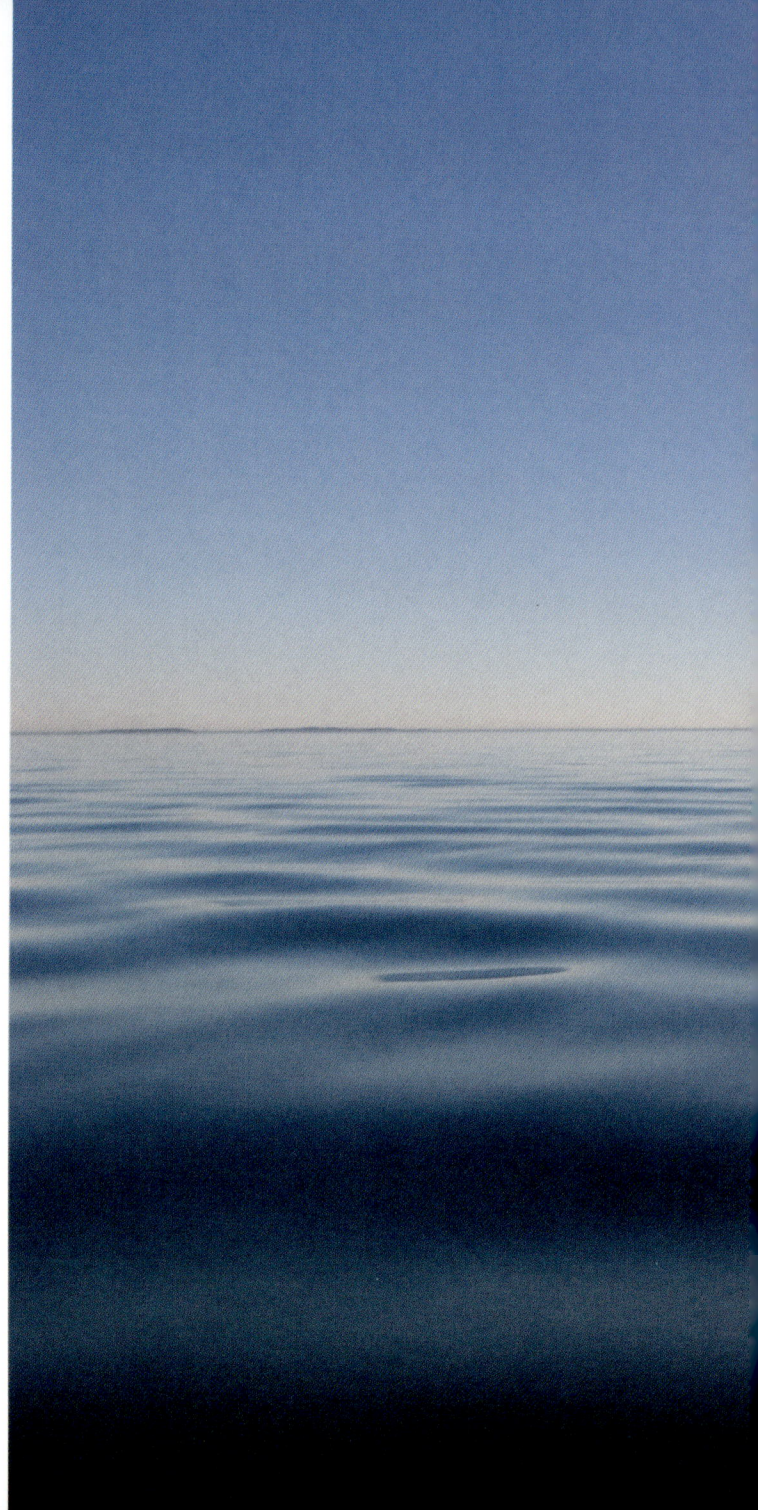

*Horizon,* 2005

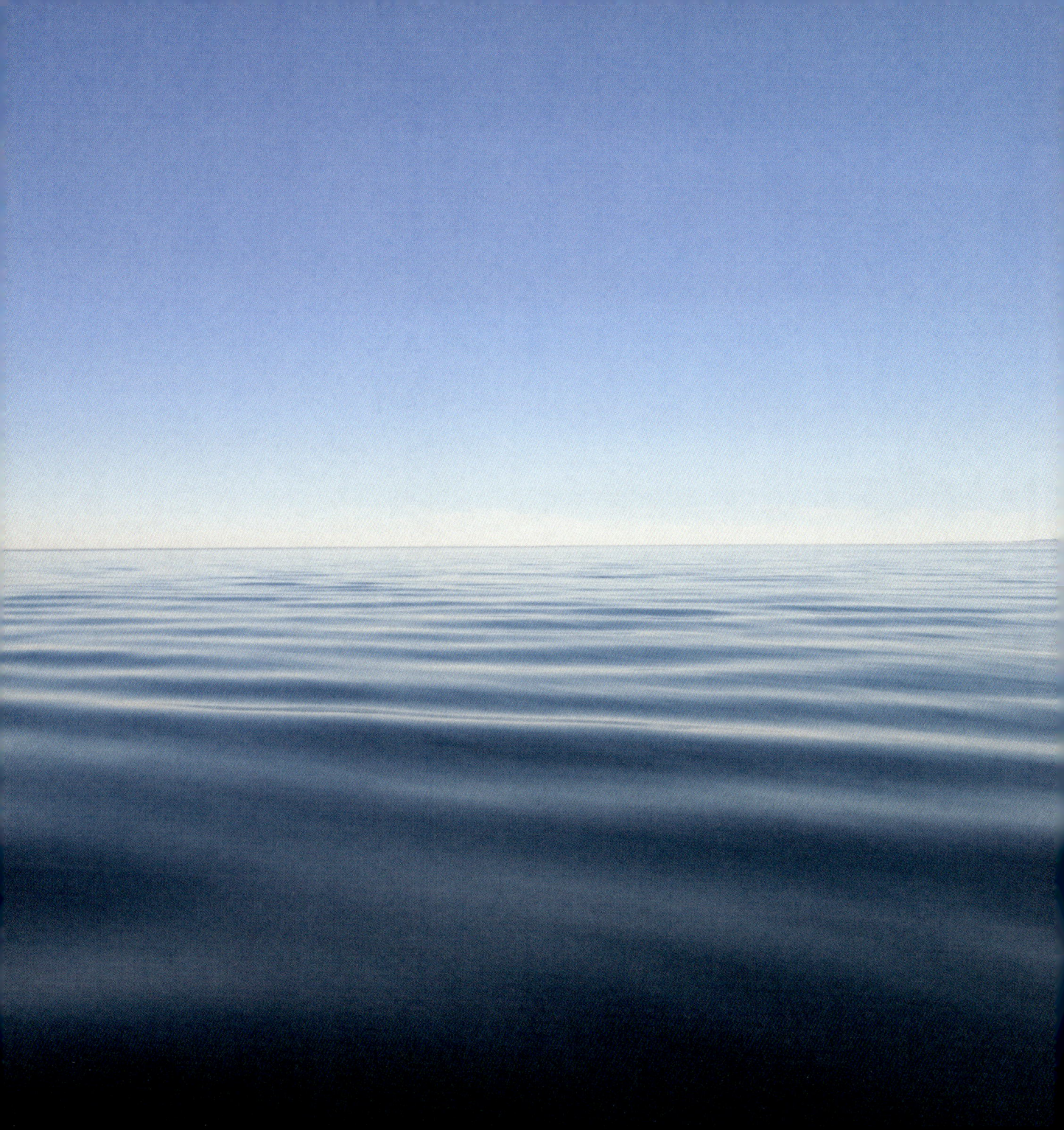

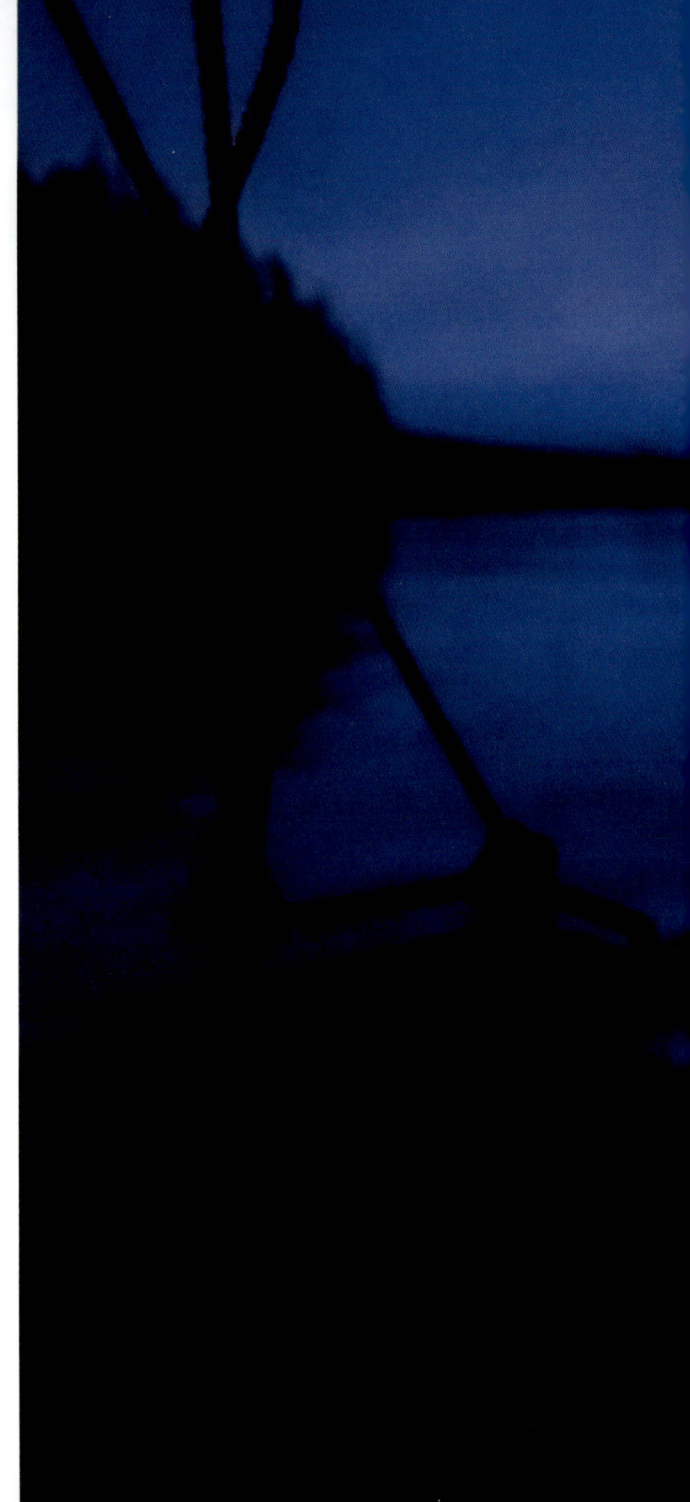

*The Fisherman's Daughter*, 2016

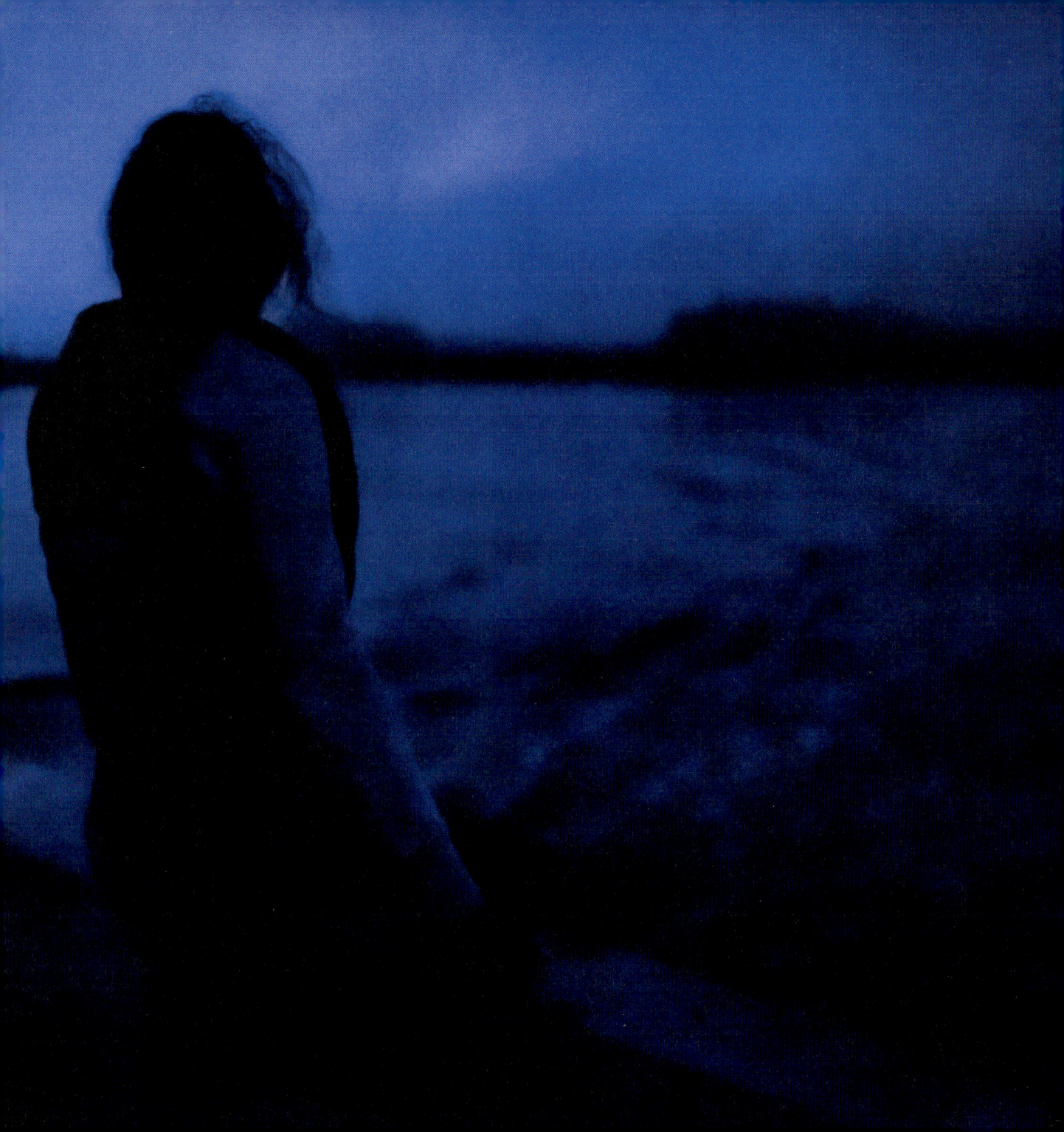

## About the Artist

Susan Lapides is a photographic artist who creates time-based projects focusing on adolescence and place. She employs landscape and portraiture as a means to examine social, cultural and community issues.

 A graduate of the School of the Museum of Fine Arts at Tufts University, Lapides pursued an extensive career as an editorial photographer for national publications including *Smithsonian, Life, Time, Forbes*, the *New York Times*, and *People*, among others. She won many awards from the American Society of Media Photographers and has photographed luminaries such as former president Barack Obama and Rose Kennedy.

 Lapides has held solo exhibitions at Sunbury Shores (St. Andrews, NB), the Beaverbrook Art Gallery (Fredericton, NB), and the Griffin Museum (Boston, MA). Her work has been included in many group exhibitions including New York's Foley Gallery, the Newport Art Museum, the Brand Library & Art Center in Los Angeles, and San Diego's Oceanside Museum of Art. Her award-winning photography is in numerous collections. She resides in Boston, Massachusetts, and in St. George, New Brunswick.

susanlapides.com

## À propos de l'artiste

Susan Lapides est une photographe artistique qui fait de ses sujets de prédilection – l'adolescence et les lieux – des témoins du temps. Ses portraits et ses paysages rendent compte d'enjeux sociaux, culturels et communautaires.

Diplômée de la School of the Museum of Fine Arts de l'Université Tufts, elle a mené une longue carrière en tant que photographe de magazine de prestige, entre autres pour des publications comme *Smithsonian*, *Life*, *Time*, *Forbes*, le *New York Times* et *People*. Maintes fois récompensée par l'American Society of Media Photographers, elle a à son actif les portraits de véritables sommités, dont le président Barack Obama et Rose Kennedy.

Susan Lapides a exposé en solo au Centre Sunbury Shores (à St. Andrews, au Nouveau-Brunswick), au Musée des beaux-arts Beaverbrook (à Fredericton, au Nouveau-Brunswick) et au Griffin Museum (à Boston, au Massachusetts). Elle a également participé à de nombreuses expositions collectives, notamment à la Foley Gallery de New York, au Newport Art Museum, au Brand Library & Art Center de Los Angeles et au Oceanside Museum of Art de San Diego. Souvent primées, ses photographies figurent dans de nombreuses collections. Elle vit en partie à Boston, au Massachusetts, et à St. George, au Nouveau-Brunswick.

susanlapides.com

Copyright © 2024 by the Beaverbrook Art Gallery.
Copyright in the photographs belongs to Susan Lapides.

All rights reserved. No part of this work may be reproduced or used in any form or by any means, electronic or mechanical, including photocopying, recording, or any retrieval system, without the prior written permission of the publisher or a licence from the Canadian Copyright Licensing Agency (Access Copyright). To contact Access Copyright, visit accesscopyright.ca or call 1-800-893-5777.

Published in conjunction with the exhibition *Susan Lapides — St. George: Ebb and Flow* organized by the Beaverbrook Art Gallery, August 2, 2024 — November 17, 2024.

Edited by Gwyneth Moir.
French translation by Eve Renaud.
Cover and page design by Julie Scriver.
On the cover: Susan Lapides, *Evening Walk*, 2006.
Printed in Canada by Marquis.
10 9 8 7 6 5 4 3 2 1

Cataloguing in Publication data available from Library and Archives Canada.
ISBN 9781773104263

Goose Lane Editions acknowledges the generous support of the Government of Canada, the Canada Council for the Arts, and the Government of New Brunswick.

Goose Lane Editions and the Beaverbrook Art Gallery are located on the unceded territory of the Wəlastəkwiyik whose ancestors along with the Mi'kmaq and Peskotomuhkati Nations signed Peace and Friendship Treaties with the British Crown in the 1700s.

Goose Lane Editions
500 Beaverbrook Court, Suite 330
Fredericton, New Brunswick
CANADA E3B 5X4
gooselane.com

Beaverbrook Art Gallery
703 Queen Street
Fredericton, New Brunswick
CANADA E3B 1C4
beaverbrookartgallery.org

© Musée des beaux-arts Beaverbrook, 2024.
Susan Lapides est titulaire du droit d'auteur sur ses œuvres photographiques.

Tous droits réservés. Nulle portion de cet ouvrage ne peut être reproduite ou utilisée sous quelque forme que ce soit ni par quelque moyen, qu'il soit électronique ou mécanique, ce qui comprend la photocopie, l'enregistrement et tout système d'extraction, sans l'autorisation écrite préalable de l'éditeur ou une licence de la Canadian Copyright Licensing Agency (Access Copyright). Pour communiquer avec Access Copyright, allez à accesscopyright.ca ou appelez au 1 800 893-5777.

Publié à l'occasion de l'exposition *Susan Lapides – St. George : Au gré des vagues*, organisée par le Musée des beaux-arts Beaverbrook et présentée du 2 août 2024 au 17 novembre 2024.

Traduction : Eve Renaud
Révision linguistique de la version française : Hélène Ricard
Conception de la couverture et de la mise en page : Julie Scriver
Photo de couverture : Susan Lapides, *Evening Walk*, 2006
Imprimé au Canada par Marquis
10 9 8 7 6 5 4 3 2 1

Données de catalogage avant publication : Bibliothèque et Archives Canada.
ISBN 9781773104263

Goose Lane Editions remercie le Gouvernement du Canada, le Conseil des arts du Canada et le Gouvernement du Nouveau-Brunswick de leur généreux appui.

Goose Lane Editions et le Musée des beaux-arts Beaverbrook sont situés sur le territoire non cédé des Wəlastəkwiyik, dont les ancêtres, ainsi que les nations Mi'kmaq et Peskotomuhkati, ont signé des traités de paix et d'amitié avec la Couronne britannique dans les années 1700.

Goose Lane Editions
500, Beaverbrook Court, bureau 330
Fredericton, Nouveau-Brunswick
CANADA E3B 5X4
gooselane.com

Musée des beaux-arts Beaverbrook
703, rue Queen
Fredericton, Nouveau-Brunswick
CANADA E3B 1C4
beaverbrookartgallery.org